Citoyen… flic !

W0400633

Claudio Leonardi

Citoyen… flic !

Roman

LE LYS BLEU
ÉDITIONS

© Lys Bleu Éditions – Claudio Leonardi

ISBN : 979-10-422-2433-2

Le code de la propriété intellectuelle n'autorisant aux termes des paragraphes 2 et 3 de l'article L.122-5, d'une part, que les copies ou reproductions strictement réservées à l'usage privé du copiste et non destinées à une utilisation collective et, d'autre part, sous réserve du nom de l'auteur et de la source, que les analyses et les courtes citations justifiées par le caractère critique, polémique, pédagogique, scientifique ou d'information, toute représentation ou reproduction intégrale ou partielle, faite sans le consentement de l'auteur ou de ses ayants droit ou ayants cause, est illicite (article L.122-4). Cette représentation ou reproduction, par quelque procédé que ce soit, constituerait donc une contrefaçon sanctionnée par les articles L.335-2 et suivants du Code de la propriété intellectuelle.

À ma mère,
à la mémoire de mon frère Alberto et de ma sœur Maria,
pour ma sœur Anne Marie et son indéfectible amour,
à mes enfants Julien, Lisa, Raphaël, Matteo et Dante,
à mes petits-enfants Milo et Nine,
à Jean-Marc, qui m'a inspiré nombre de répliques.

fallait de français pour mener à bien son petit commerce, n'entendait rien aux allusions au second degré dont Raphaël raffolait. Du coup, très vite, il avait définitivement banni cette forme d'humour.

Il trouvait très édifiante l'atmosphère colorée de ce bar-tabac où chaque matin se côtoyaient tant d'individus si différents aux destins si improbables. Ce bar lui faisait penser à ces points d'eau en pleine savane où toute la faune vient se désaltérer, indifférente à ce qui l'entoure. Quand il croisait les éboueurs pendant leur première pose, il ne manquait jamais de leur rendre hommage en les gratifiant d'une tournée de cafés accompagnés d'une liqueur réconfortante…

Ce rade affichait l'image de ce qui pouvait se jouer au quotidien dans tout le reste du pays. Il constituait une parfaite représentation des courants émergeant d'une consultation électorale. Le fait était qu'il arrivait de temps à autre qu'une critique d'ordre politique soit lancée, mais la nature inflammable des échanges qui s'en suivaient avait finalement cantonné les conversations à une dialectique météorologique qui, espérait-on, ne provoquerait aucune tempête. Quoique ! Raphaël se désespérait de la disparition systématique des petits commerces qui faisaient vivre le cœur de sa commune de banlieue. Il n'attendait rien de bon de ce nouveau monde promis par la plus haute autorité élue entourée de l'amateurisme de ses troupes. Raphaël avait conservé toute sa fougue d'adolescent révolté et sa ténacité juvénile. Intransigeant dans la conduite de ses enquêtes, il ne laissait rien au hasard : le rebelle qui bouillonnait toujours dans son esprit, lui conférait l'aplomb nécessaire et indispensable.

Quelque temps auparavant, percevant d'inquiétants signes au quotidien, grâce à son flair que beaucoup de canidés lui auraient envié, il avait pondu une note technique pour ses anciens collègues des renseignements généraux, identifiant les risques

À ma mère,
à la mémoire de mon frère Alberto et de ma sœur Maria,
pour ma sœur Anne Marie et son indéfectible amour,
à mes enfants Julien, Lisa, Raphaël, Matteo et Dante,
à mes petits-enfants Milo et Nine,
à Jean-Marc, qui m'a inspiré nombre de répliques.

Tout grand pouvoir est périlleux pour un débutant.

Épictète

On peut convaincre par la force de la vérité, on ne doit pas imposer la vérité par la force.

Platon

Ce sont les hommes qui écrivent l'histoire, mais ils ne savent pas l'histoire qu'ils écrivent.

Raymond Aron

Avertissement

Ce livre est une œuvre de fiction. Les personnages et les situations décrits dans ce roman sont purement imaginaires : toute ressemblance avec des personnes ou des évènements existants ou ayant existé ne serait que pure coïncidence.

Pour la bonne compréhension de l'intrigue, certaines fonctions électives plus ou moins importantes sont nommées, le récit de l'auteur concernant les postes mis en lumière ne l'est que pour crédibiliser la fiction et lui donner un caractère plus réaliste.

Chapitre I

Un cimetière au petit matin, un jour très ensoleillé. René était debout devant la tombe de son épouse.

— Il faut que je te dise, j'ai pris « La » décision. Je sais, on en a souvent parlé, tu n'approuves pas.

Au passage d'un visiteur, René s'interrompit, le suivit du regard pendant qu'il s'éloignait, puis reprit son dialogue.

— Oui, tu as raison, Raphaël a toujours profité un peu de ma réussite, mais moi aussi j'ai profité de lui… Mais non, je n'ai jamais été amoureux de Nathalie… Elle a toujours été comme une sœur pour moi. Même si, gamin… bon, enfin !

Il s'interrompit à nouveau et commença à nettoyer la pierre tombale tout en faisant le tour.

— Tu as toujours apprécié Benjamin… Je suis très confiant malgré tout, ça se passera très bien…

Il se racla la gorge…

— Les enfants ? Ils ont trouvé cette idée géniale !

Il posa sa main sur la tombe et resta un instant silencieux…

— Je viendrai te raconter…

Raphaël Tona avait l'habitude de commencer sa journée toujours par le même rituel. Un petit café chez Kim-Yung, femme attachante avec laquelle il aimait plaisanter même si le plus souvent cette Chinoise de naissance, maîtrisant juste ce qu'il fallait de français pour mener à bien son petit commerce, n'entendait rien aux allusions au second degré dont Raphaël raffolait. Du coup, très vite, il avait définitivement banni cette forme d'humour.

Il trouvait très édifiante l'atmosphère colorée de ce bar-tabac où chaque matin se côtoyaient tant d'individus si différents aux destins si improbables. Ce bar lui faisait penser à ces points d'eau en pleine savane où toute la faune vient se désaltérer, indifférente à ce qui l'entoure. Quand il croisait les éboueurs pendant leur première pose, il ne manquait jamais de leur rendre hommage en les gratifiant d'une tournée de cafés accompagnés d'une liqueur réconfortante…

Ce rade affichait l'image de ce qui pouvait se jouer au quotidien dans tout le reste du pays. Il constituait une parfaite représentation des courants émergeant d'une consultation électorale. Le fait était qu'il arrivait de temps à autre qu'une critique d'ordre politique soit lancée, mais la nature inflammable des échanges qui s'en suivaient avait finalement cantonné les conversations à une dialectique météorologique qui, espérait-on, ne provoquerait aucune tempête. Quoique ! Raphaël se désespérait de la disparition systématique des petits commerces qui faisaient vivre le cœur de sa commune de banlieue. Il n'attendait rien de bon de ce nouveau monde promis par la plus haute autorité élue entourée de l'amateurisme de ses troupes. Raphaël avait conservé toute sa fougue d'adolescent révolté et sa ténacité juvénile. Intransigeant dans la conduite de ses enquêtes, il ne laissait rien au hasard : le rebelle qui bouillonnait toujours dans son esprit, lui conférait l'aplomb nécessaire et indispensable.

Quelque temps auparavant, percevant d'inquiétants signes au quotidien, grâce à son flair que beaucoup de canidés lui auraient envié, il avait pondu une note technique pour ses anciens collègues des renseignements généraux, identifiant les risques d'une colère populaire qui grandissait, et ce, six semaines avant l'éruption des gilets jaunes. La nature a horreur du vide… « Cela va mal finir », avait-il prévenu… Tona n'avait pas toujours été inspecteur de police. Élu de sa petite ville, il avait entrepris un travail en collaboration avec les jeunes de la cité « classée sensible » de sa commune. Le hasard des rencontres et quelques résultats l'avaient conduit au secrétariat général du gouvernement.

Les passerelles internes à la fonction publique et un petit coup de pouce très politique lui permirent d'intégrer directement le grade d'inspecteur. C'était précisément chez les RG[1] qu'il avait commencé sa carrière, et ce en raison de son expérience et de sa parfaite connaissance du terrain. Tout policier qu'il était devenu, il n'en restait pas moins un citoyen attentif et actif, n'abandonnant rien de ses convictions politiques et sociales. Il était d'une ironie cinglante, gai luron, touche à tout, à la réputation plutôt sulfureuse durant la période où il s'occupait de tous ces jeunes, dont beaucoup flirtaient avec la transgression. Son entregent était impressionnant, ce qui lui avait permis d'être respecté et peut-être même craint à la brigade criminelle qu'il avait rejointe au moment de la réorganisation des services, toujours grâce à son ange gardien.

Il avait participé à de « drôles d'affaires ». Il connaissait beaucoup de choses sur les milieux politiques et artistiques et avait conservé d'importants contacts au sein de ces mouvances. Son caractère fonceur lui collait à la peau comme un second costume, peut-être un peu trop au goût de ses supérieurs.

---

[1] Renseignements Généraux.

Il ne lui déplaisait pas non plus d'organiser de temps en temps quelques parties de poker.

Les piliers de bar, sans qui la recette de fin de soirée n'aurait pas suffi à payer les factures, commençaient très tôt par des demis de bière. Quand le hasard permettait à Raphaël un arrêt dans l'après-midi, il était à chaque fois fort étonné de les retrouver imperturbablement collés au zinc constatant qu'ils n'avaient toujours pas réussi à étancher leur soif.

Les jours de repos, il lui arrivait de prendre son temps le matin pour boire son café, s'amusant de ce qu'il entendait.

Il avait lui aussi caressé l'idée d'écrire, comme beaucoup de ses collègues qui s'étaient inspirés de leur passage dans la grande maison pour « pondre » un livre. Il se demandait souvent s'il en serait capable…

Il s'était pris d'affection pour cet endroit si pittoresque à l'ambiance débridée. Il ne se gênait pas pour critiquer certaines mesures officielles, quant à la gestion de la crise sanitaire, qui alourdissaient considérablement le travail de ses collègues d'une façon si grotesque, provoquant parfois des réactions d'incompréhension de certains clients. Même lors de l'interdiction de prendre son café debout pendant la pandémie, Raphaël ne s'asseyait jamais.

Kamel, un gamin de la cité qu'il avait vu grandir, lui fit remarquer que ses collègues ne seraient pas longs à apprendre son attitude provocante quant au non-respect de ces consignes, que beaucoup considéraient comme totalement stupides, à l'instar de l'attestation remplie par nous-mêmes nous octroyant le droit de sortir.

Plus jeune, Kamel se faisait appeler Michel, non pas pour franciser son prénom, mais pour brouiller les pistes de la police quant à ses petits larcins d'adolescent turbulent…

Il pensait que la dénonciation pourrait venir d'un habitué du matin : un certain Maurice qui considérait tous ses concitoyens comme des crétins, personne ne trouvant grâce à ses yeux. Il était obsédé par l'ordre. Il aimait se repaître du malheur des autres, il espérait même que la Covid frappe tous les réfractaires au vaccin ! Pas un jour sans l'entendre pester contre les chômeurs, les profiteurs, les grévistes du métro et du train, le personnel de santé à qui on avait accordé une augmentation de salaire et qui trouvait cela encore insuffisant, etc., etc., etc. Un citoyen modèle en somme !

Quelquefois, une critique à propos des remarques « extrêmes » de Maurice fusait dans la salle. Aussitôt, la controverse tournait à l'affrontement pour savoir qui était le plus con des deux. Il arrivait à Raphaël, avec un brin d'humour, d'avancer que lui en avait une petite idée… Et à Maurice de réagir au quart de tour !

— Avec des policiers comme toi, la France est foutue. On se demande ce que tu fous encore dans la police !

Raphaël, très calme :

— Je suis rentré dans la police à cause de la police, pour qu'il y ait aussi des gens comme moi pour faire en sorte d'éviter le pire !

Cela ne les empêchait pas de renouer chaque matin le dialogue qui, comme dans un vieux couple, les remettait en selle pour d'autres confrontations. Jean-Charles, l'ancien instituteur du village, jouait souvent le médiateur. Comme l'avait prévu Kamel, le commissariat de la ville ne fut pas long à savoir qu'un fonctionnaire de police prenait son café debout, toutes ces bonnes âmes n'oubliant pas de signaler aussi au passage leurs voisins pour être sortis plusieurs fois dans la même journée, et ce pendant plusieurs heures.

Chez Kim, il y avait aussi de vrais gentils comme Ahmed qui, lui aussi, tenait un bar de son côté, toujours prêt à rendre service et à offrir de nombreuses consommations. Il affichait clairement une autre orthodoxie politique qui le classait dans le camp des « non-alignés ».

La cinquantaine débordée, Raphaël avait accepté de rejoindre des amis d'enfance dans une grande maison que possédait l'un d'entre eux, René Bogossian, qui avait magnifiquement réussi sur le plan des affaires.

Veuf très tôt, ses enfants mariés et installés, René, qui se retrouvait seul dans son immense demeure, avait proposé à ses amis d'enfance restés célibataires de le rejoindre dans une vie communautaire à laquelle, plus jeunes, ils avaient aspiré.

Raphaël avait donc rejoint d'une part Nathalie Rive, journaliste, une femme qui détestait faire la cuisine, mais qui adorait la manger. Elle avait choisi de consacrer sa vie et son temps à son métier. Elle appréciait tout particulièrement d'être présente sur tous les théâtres d'opérations. Une femme à la sensibilité artistique aiguë, très en pointe quant à l'actualité culturelle, aimant particulièrement le cinéma, elle apportait son expérience de la politique internationale et féministe dans cet environnement à dominance masculine beaucoup trop cartésien à son goût. Elle aimait sortir et parler des spectacles auxquels elle assistait, contestant souvent la vision parfois naïve du monde décrit par ses amis.

Enfin, d'autre part, le petit dernier : Benjamin Georges. Prof de philo, qui avait toujours martelé qu'il ne se marierait jamais, il avait bien essayé d'expliquer pourquoi sans jamais parvenir à convaincre ses camarades de la cohérence de ses arguments.

Un homme plutôt sec, mais tout en rondeur côté caractère. Dans la rue, adolescent, il avait déjà à cœur d'expliquer et d'apprendre aux autres nombre de choses, de conseiller des livres ou d'organiser des réunions de discussions diverses et variées. Toujours en bagarre avec l'autorité, c'était tout naturellement qu'il s'était tourné vers le métier de professeur de philo. Capable de compromis, toujours à l'écoute, grand communicant, débonnaire, mais aussi embrouilleur professionnel.

Le jour où René leur avait proposé de le rejoindre, tous les quatre s'étaient réunis dans la bibliothèque de la maison : Nathalie et Benjamin se faisaient face chacun sur un canapé, séparés par le fauteuil de René, Raphaël tournant autour de ce petit monde.

— Je trouve ton idée super, intervint Nathalie… Nous réunir… Vivre tous les quatre, ici…

— Je me demande si tu as bien mesuré les risques de conflits… fit remarquer Benjamin.

Raphaël ne semblait pas s'intéresser à la discussion, plongé dans la lecture d'un prospectus et marmonnant sans qu'on puisse comprendre ce qu'il disait.

— Comme si on avait toujours été d'accord ces dernières années, déclara René. Combien de fois on s'est envoyé paître ? Combien de fois on a juré que l'autre était insupportable ?

— Mais le soir, chacun rentrait chez soi, décompressait à loisir, passait un week-end réparateur et pouvait de nouveau supporter un Raphaël toujours aussi délirant.

Benjamin, agacé :

— Raphaël, tu es avec nous ?

— J'entends ce que vous dites, je ne dis rien, mais j'entends…

— Si tu pouvais t'asseoir et nous donner ton avis, dit René.

Raphaël finit par obtempérer, son prospectus à la main.

— Non, mais ! Ce n'est pas une arnaque… ?

Nathalie, quelque peu surprise :

— De quoi parles-tu, de la proposition d'Azad ?

René qui n'avait pas l'habitude d'être appelé par son prénom arménien…

— Azad ?

Raphaël agacé :

— Quelle proposition ? Moi je te parle de l'arnaque des casinos !

Benjamin, toujours stoïque :

— Tu es allé au casino ?

Raphaël de plus en plus agacé :

— Oui et j'ai perdu… Il n'y avait plus aucun croupier : roulette machine, blackjack machine… les tauliers n'ont même plus le risque de perdre de l'argent, c'est une arnaque permanente. Et l'État permet ce genre de vol !

Nathalie n'en croyait pas ses oreilles…

— Non, mais je rêve ! Tu es grave quand même ! Il n'y a encore que toi pour croire qu'on peut gagner quoi que ce soit au casino ! Les « seuls » qui gagnent à tous les coups, ce sont les casinotiers et l'État, précisément. Allez, vas-y, dis-nous ce qui t'énerve ?

Raphaël jeta un regard aux autres pour leur faire comprendre qu'il ne raccrocherait pas la discussion tant qu'on ne lui aurait pas permis de vider son sac.

— Bon… les machines à sous, OK, on sait quelles sont programmées pour faire gagner à un rythme voulu le client et ramener au casino 70 % des recettes…

René, stupéfait par la naïveté de son ami :

— Tu as attendu d'avoir cinquante ans pour te rendre compte que les casinos étaient toujours gagnants ?

— Gros malin, j'ai toujours su que le casino gagnait toujours à la fin !

Nathalie, perplexe :

— Ben alors, qu'est-ce qui change ?

Raphaël haussant la voix :

— Ce qui change Nat, c'est qu'on nous prend pour des cons, et avec la bénédiction de l'État !

Benjamin affichant un large sourire :

— Tu viens de prendre conscience que l'État te prend pour un con ?

— Fais le malin, toi aussi, lui répondit Raphaël du tac au tac ! En attendant, quand un croupier lance la bille à la roulette, seul le hasard est complice. Avec la machine, on te baise. Elle est programmée pour ne jamais faire perdre le casino.

— Rien de nouveau sous le soleil, le casino gagne toujours… conclut Benjamin.

Raphaël sur le point d'exploser :

— Toi, la philo, ça va, la psychanalyse, ça va aussi. Lire… tu sais, mais quand il faut passer à la pratique, au terre à terre des petites gens, tu es perdu… S'il n'y a plus de croupier pour battre les six jeux de cartes du sabot au blackjack, alors tes chances de faire de belles séries sont nulles, puisque la machine est programmée pour ne jamais te permettre de mettre en danger le casino. C'est une escroquerie et je vais faire une campagne sur le net pour dénoncer cette saloperie ! On va attaquer les casinos avec une action de groupe et l'État aussi, pour complicité.

Benjamin levant les yeux au ciel :

— Et toi en tant que fonctionnaire de Police, il n'y a rien qui te gêne ? Ça y est, on l'a perdu !

René, qui connaissait bien les tendances très à gauche de son ami, lui apporta un soutien inattendu.

— Je trouve que, pour une fois, il met le doigt sur quelque chose de tangible. Ça ressemble en effet à de l'escroquerie. Si le casino ne peut jamais perdre, ça veut dire que le client ne peut jamais gagner ou très peu, et encore s'il est capable de s'arrêter avant que la machine ne lui reprenne ce qu'elle lui a donné.

Nathalie s'adressant à Raphaël :

— Bon, mais sinon, que penses-tu de la proposition d'Azad ?

Benjamin intervenant au vol :

— Il n'a rien écouté…

Raphaël sûr de lui :

— Si, monsieur… j'ai écouté et j'ai même tout compris. Je dois dire que j'avais un peu d'avance vu que René m'en avait déjà parlé. Je lui ai dit qu'à partir du moment où chacun avait son espace et…

René le coupe :

— Oui, j'en ai d'abord parlé à Raphaël parce que je voulais qu'il sache que chacun viendrait avec ses moyens financiers. La maison est grande et le montant de votre participation aux frais sera à la hauteur de ce que vous coûtent votre logement et votre nourriture actuellement.

Nathalie, quelque peu surprise :

— C'est donc toi qui assureras le reste du budget et qui mettra au bout si nécessaire ?

— Oui, répondit René, je pourrais tout aussi bien dépenser mon argent en voyageant dans le monde entier… Mais avec vous, je voyage dans mon enfance et, croyez-moi, c'est mille fois plus jouissif que de courir le globe, ce que j'ai déjà fait : partager mon quotidien avec vous me met en joie et me coûte moins cher !

Benjamin en bon philosophe :

— Pour ma part, tout ça ne me pose pas de problème. Après tout, on a toujours combattu les injustices et, plus jeune, on était convaincu que les richesses devaient se partager.

Nathalie, le visage souriant :

— Je n'avais jamais imaginé qu'on puisse se retrouver, comme avant, dans la Rue, quarante ans après…

René l'air ravi :

— Alors c'est d'accord, vous emménagez ?

René, c'était l'homme d'affaires et de pouvoir dans toute sa splendeur ! Il n'avait jamais renoncé à séduire. Plaire était une nécessité chez lui, il faisait tout pour garder l'apparence d'un jeune homme malgré sa cinquantaine bien sonnée, frôlant parfois le ridicule.

Le sport et ses exercices matinaux quotidiens étaient un sujet de raillerie permanent de la part de ses copains. Son alimentation choisie et mesurée en faisait un convive controversé quand il était à table. La maison lui appartenait et c'était lui qui était à l'origine de ce regroupement d'anciens copains de la Rue d'la Dé. Il avait besoin qu'on l'aime. Déjà, dans la rue de la Défense, il était le protecteur des plus faibles, mais aussi celui qui décidait bien souvent des jeux et des actions.

Raphaël n'avait jamais caché à ses supérieurs ses opinions sur le caractère ubuesque de la politique sanitaire pendant la crise. Son statut d'inspecteur à la Crime lui avait évité de pourchasser les récalcitrants au pass sanitaire… Il avait ce franc-parler qui lui avait valu, au début de sa carrière, des rappels à modération lui faisant comprendre que cela pourrait le desservir pour gravir les échelons.

Il avait envoyé paître son supérieur de l'époque. Celui-ci lui aurait bien barré le chemin, mais il ne resta pas suffisamment longtemps dans le service pour y parvenir. Raphaël avait depuis des années montré son efficacité redoutable comme enquêteur et avait plus d'une fois reçu les félicitations de la grande maison. Il était devenu intouchable. C'était toujours à lui que l'on confiait les affaires les plus tordues ou délicates.

Il avait un temps pensé à s'orienter vers le statut d'enquêteur privé, au moment où fut créé un cursus universitaire pour rendre plus crédible la faune des privés qui fleurissaient au gré de l'actualité. Chef de groupe, il entretenait avec ses « hommes et femmes » des rapports de confiance et de réel respect. Cela lui valait une sincère admiration de la part de ceux qui travaillaient sous ses ordres. Il avait un frère qui vivait dans le sud avec lequel il s'était peu à peu éloigné, sans trop en connaître les vraies raisons. Ils se téléphonaient parfois pour ne pas rompre totalement le lien familial.

Ce matin-là, Tona dut se rendre au bureau en transport en commun, sa voiture devant subir une révision pendant la journée. C'était un de ses collègues qui l'avait raccompagné la veille.

En sortant du métro, Tona constata que son portable marquait plusieurs appels en absence venant de son supérieur. Ce qui ne l'inquiéta pas plus que cela, étant donné qu'il se trouvait coupé du réseau dans les tunnels du métro. Le fait qu'ils soient tous étiquetés en provenance de son chef direct lui laissa présager qu'on devait avoir besoin de lui urgemment.

Raphaël n'en avait pas pour autant accéléré le pas. Au pire, il lui serait demandé de se rendre sur une scène de crime et donc la victime pouvait attendre un peu. Au mieux, il s'attendait à être de nouveau rappelé à l'ordre pour quelque chose qui avait dû déplaire au service sans pouvoir se souvenir de « quoi exactement », et ce, même en se creusant la tête.

Arrivé à quelques mètres du bureau du grand patron, celui-ci fit irruption dans le couloir et vint à sa rencontre. Il l'accompagna sur les quelques mètres qui lui restaient à parcourir, invitant Tona à le suivre dans son bureau.

Son supérieur direct, Henri Demarle, n'était pas très grand, mais il dégageait une sorte de force à la fois physique et émotionnelle. On ne pouvait pas qualifier cet homme de beau ni dire qu'un charme émanait naturellement de sa personne. Indéniablement, il y avait de l'intelligence sur son visage. Ses yeux étaient très sombres, profondément enfoncés dans leurs orbites sous des sourcils très épais. Ceux-ci en broussaille s'arquèrent légèrement.

Demarle, avec une maladresse perceptible, lui demanda :

— Voulez-vous une cigarette ?

Tona ne fumait pas, ne buvait pas, mais depuis toujours, il se trouvait dans l'obligation de le rappeler régulièrement à ses collègues comme à son chef.

— Asseyez-vous, Raphaël… Même si nous n'avons pas toujours été d'accord, j'ai toujours reconnu chez vous l'étoffe d'un grand flic… Bien sûr, vous avez votre caractère et votre franc-parler qui peuvent souvent en gêner certains. Mais, pour ma part, j'ai toujours considéré qu'il participait aussi de vos bons résultats.

Ses cheveux blancs étaient ébouriffés comme s'il les avait nerveusement repoussés en arrière, signe chez lui d'embarras. Quelque chose le tracassait, mais Tona avait compris qu'il ne lui dirait rien… Raphaël n'était pas habitué à entendre des appréciations aussi courtoises de la part de son chef ni même des critiques aussi hypocrites. Il attendait la suite avec quelque amusement et un peu d'appréhension quand même.

— On a retrouvé le corps d'un homme ce matin de bonne heure… Sa femme de ménage nous a alertés ! Une voiture vous attend en bas et votre équipe est déjà sur place.

— Où est-ce qu'on va ?

— Dans le XVIIe, le chauffeur a reçu l'adresse par SMS, il vous conduira…

— Pourquoi tant de mystère ? interrogea Tona.

— Aucun mystère je vous assure, une affaire comme vous les aimez d'ailleurs. L'homme aimait écrire aux députés de la majorité, jamais pour les féliciter… Au fait, Jacques Fournier, votre ancien collègue des RG est aussi sur place !

— Comme vous dites, patron, aucun mystère…

Son chef était sur le point de reprendre la parole, mais Tona ne lui en laissa pas la possibilité.

— Je cours, je vole, soyez sans inquiétude, je connais la consigne « Pas de vagues »…

Cette dernière réplique de son inspecteur eut pour effet de le faire tressaillir, comme si un glaçon venait de lui caresser la colonne vertébrale.

Chapitre II

Parvenu sur la scène de crime, et avant même de s'intéresser à la victime et au désordre apparent, Raphaël se dirigea directement vers la seule femme de son équipe, Mélanie, qui avait rejoint son groupe depuis une petite année. Major de sa promotion, et après un module à l'étranger sur les techniques de profilage, elle avait expressément émis le vœu de travailler avec lui.

La singulière personnalité de Tona, flic atypique et rebelle, avait laissé des traces dans tous les recoins de la Grande Maison… Elle avait été séduite par ses méthodes, son intransigeance, sa rigueur et, elle ne se le cachait pas, par son âpreté à comprendre et tenir tête à sa hiérarchie.

Lorsqu'elle fut présentée la toute première fois à Raphaël, un trouble certain envahit son visage, lui qui d'habitude restait imperturbable. Quelque chose s'était produit… Demarle, qui assistait à la scène, en fut étonné et crut devoir lui demander si tout allait bien…

Bouleversé par cette nouvelle venue, Tona avait chancelé comme si son équilibre l'abandonnait. Elle ressemblait à s'y méprendre à cette jeune femme qu'il avait rencontrée trente-cinq ans plus tôt… Jusqu'à son prénom ! Mélanie… Aussi blonde, à la coupe de cheveux identique qui donnait à son visage un éclat lumineux plein de charme, le même corps longiligne… Tout chez elle lui rappelait cet après-midi intimidant où ils s'étaient croisés… C'était sa jeunesse qui lui faisait face ! Les images de ce voyage en Italie se déroulaient en un flot ininterrompu, réveillant en lui des souvenirs qui pour certains avaient échappé à sa mémoire.

Il avait gardé l'empreinte de ce saisissement ressenti dans ce hall d'hôtel où elle lui était apparue. Ce souvenir s'était niché dans un coin de son esprit, place qu'il occupait toujours, et surgissait brusquement de nouveau avec une intensité intacte. Ils avaient entretenu un lien des plus amicaux. Ils leur arrivaient d'échanger de loin en loin quelques appels… Raphaël se sentait bien dans cette fidélité qu'ils avaient su préserver. C'était pour toutes ces raisons qu'au fil des premiers mois de sa collaboration avec sa nouvelle collègue, il avait posé sur elle un regard si affectueux.

Mélanie avait ressenti la bienveillance de Raphaël depuis qu'elle avait intégré la Crime, mais jamais encore Tona ne lui en avait dévoilé les raisons…

— Bonjour, Mélanie, écoute un peu… « Je suis dans un village d'Inuits, je ne sais pas bien ce que je fais là… Je suis sur le bord de la banquise. Au loin, à une centaine de mètres, un ours blanc me regarde fixement sans bouger. Je l'observe, il m'observe… Sans être vraiment effrayé, je le vois courir vers moi ! Et là, je me réveille… » Tu en dis quoi ?

Il savait que Mélanie possédait une façon bien à elle d'interpréter des signes qui échappaient bien souvent à beaucoup, même aux plus brillants de ses collègues. Il espérait une analyse de sa part qui pourrait l'éclairer sur son rêve nocturne.

— Comme ça… Rien, en particulier…

— Évidemment… Excuse-moi…

En même temps, Raphaël remarqua un visage qui ne lui était pas familier. Il l'interrogea discrètement…

— Qui est-ce ?

— Je vous présente Camille Paul notre nouvelle légiste, fraîchement nommée.

— Paul ! Ce nom me dit quelque chose…

— Des « Paul » il y en a des tonnes, patron ! Mais vous avez raison, elle n'est pas n'importe qui… Elle est apparentée au fameux légiste des belles années du 36 : Charles Paul.

Tona se dirigea vers elle pour la saluer comme il se doit.

— Mélanie, dis-nous tout sur notre victime ?

— Arnaud Vinckler, 42 ans, célibataire, blogueur à succès, poil à gratter de l'exécutif…

Je cite : « Ce phare du nouveau monde qui nous éclaire la route vers une terre promise, une République exemplaire. »

— Raphaël, ce sont « ses mots » pas les miens !

— Bonjour, madame Paul, nous sommes heureux de vous accueillir… Charles Paul ! L'homme aux cent mille autopsies, n'est-ce pas ?

— En réalité, il en a pratiqué cent soixante mille dont celles de très grosses pointures dans le milieu du grand banditisme. Mais je vous en prie, appelez-moi Camille.

— Bon, alors Camille, que nous raconte ce cadavre ? questionna-t-il en se penchant avec elle sur le corps de la victime.

La mort avait ôté toute beauté à cet homme, ses bras et ses jambes étaient entremêlés, son visage avait déjà une couleur de cendre. Il avait les cheveux châtains, des sourcils plutôt fins, mais le masque de la mort l'avait déjà enveloppé… Malgré tout, on pouvait imaginer un individu passionné.

Ce n'était pas, semble-t-il, un mort ordinaire, car Raphaël avait repéré Fournier, son ancien collègue qui se tenait bien à l'écart dans un coin. Mais il n'avait pas encore jugé bon de le saluer, préférant attendre que son équipe lui apporte des informations susceptibles de le renseigner sur la présence de son ex-copain des R.G, sur cette scène de crime en particulier…

— Monsieur Tona, enchaîna la légiste, il n'y a pas eu lutte. On l'a assommé, un coup net derrière la tête, qui à lui seul, ne me permet pas d'affirmer qu'il est à l'origine du décès. Je pencherais plutôt pour une conséquence indirecte du choc, la grande stupeur ressentie aurait déclenché une réaction au niveau cardiaque entraînant la mort, d'où la forme convulsive du corps… Mon autopsie vous confirmera sans doute mes premières constatations.
— Merci, Camille, mais appelez-moi Raphaël. Heure présumée de la mort ?
— Entre quatre et cinq heures du matin, la rigidité cadavérique a déjà commencé…
— Un très grand merci, j'attends votre rapport… intervint Tona tout en jetant un regard admiratif à Mélanie pour cette belle entrée en matière de la nouvelle légiste.

Tona tournant légèrement la tête vers l'endroit où se cachait son ancien collègue s'adressa à Mélanie :

— Tu penses que c'est pour le décès d'un blogueur facétieux qu'on nous a envoyé « l'œil de Moscou » ?

— Je ne sais pas, répondit-elle avec un large sourire…

— Quoi d'autre ?

— Il n'y a aucun signe d'effraction, ce qui nous indique que c'est peut-être plus qu'un simple cambriolage. L'ordinateur et le téléphone ont disparu et, en-dehors de ce désordre « plutôt ordonné, » pas d'autres dommages. Sans doute, était-il venu chercher autre chose… Vinckler devait dormir, il est en tee-shirt, chaussettes et bas de jogging. Je suppose qu'il a dû entendre du bruit, enfiler son pantalon rapidement pour descendre voir ! C'est sûrement à cet instant qu'il a été frappé.

— Je présume que Thomas et Aurélien sont sur l'enquête de voisinage ?

— Oui, chef, et ils ne devraient pas tarder, le quartier n'est pas très grand !

— Ce n'est tout de même pas la mort d'un simple citoyen attentif aux réalités, qui ne relèvent que de la constatation factuelle, qui fait trembler en haut lieu ? Qu'est-ce que ça cache ?

— Je ne sais pas encore, mais je suis certaine qu'on est venu pour récupérer une chose bien précise, et c'est certainement cette autre chose qui doit être de nature explosive.

Tona saluant le retour d'Aurélien et de Thomas :

— Bonjour, les garçons, qu'est-ce que vous avez glané ?

Thomas, plongé dans son petit carnet :

— Vinckler était très connu et plutôt apprécié, au moins pour ses qualités de voisin. Son blog avait visiblement bonne presse dans le voisinage. J'ai noté que certains ont manifesté une gêne réelle devant mes questions… Un homme très poli, jamais de fêtes avec des musiques tapageuses… On ne lui connaît pas de relation suivie et, au dire de ce même voisinage, il ne recevait que très peu.

— Les gens ont toujours des choses à cacher, je m'en suis rendu compte tout au long de mes enquêtes. Ils mentent pour toutes sortes de raisons et sur des choses qui, selon eux, n'ont aucun rapport avec le crime commis… Et toi Aurélien ?

— J'ai fait la connaissance d'une femme qui, à l'évidence, devait beaucoup l'aimer. Elle est restée prostrée et silencieuse durant plusieurs secondes à l'annonce de sa mort.

— Elle t'a révélé des choses importantes ?

— Pas vraiment, j'ai pensé que nous serions plus efficaces si nous lui laissions un peu de temps avant de l'interroger plus précisément en l'invitant dans nos bureaux. Elle en sait beaucoup plus que ce qu'elle a bien voulu me dire.

— Tu as eu raison. Sinon, rien qui puisse nous faire avancer ?

— Non, chef, personne n'a rien vu d'inhabituel ni même entendu quoi que ce soit.

— Tu as bien réagi Aurélien, nous verrons cette dame plus tard. Mais si elle appréciait beaucoup la victime, mets-la sous une surveillance discrète, il est fort possible qu'elle ait de la visite elle aussi sous peu… Plus encore, si le visiteur indélicat n'a pas trouvé ce qu'il était venu chercher…

Visiblement, l'enquête de voisinage n'avait rien apporté d'essentiel. Personne n'avait vu ni entendu quoi que ce soit qui puisse aider à comprendre les raisons de cette mort. Aucun inconnu à la démarche furtive, aucun comportement louche de la part d'une personne des environs. Rien, pas même un chien qui se serait mis à aboyer !

Seule, cette femme touchée par le sort funeste de la victime pourrait peut-être permettre à Tona d'en apprendre plus…

Se dirigeant enfin vers son ancien collègue des R.G !

— Bonjour, Jacques… Dis-moi…

— Je suis comme toi, je ne sais rien de particulier, on m'a juste demandé d'être présent et de faire un rapport, ça vient d'en haut…

— De très haut ? De ta hiérarchie directe ou de plus haut ? Dis-moi exactement de qui ? Qui t'a appelé ? À quelle heure ? Qu'est-ce qu'on t'a dit, mot pour mot ?

— Raphaël tu n'emmerdes, tu connais la chanson…

— Il y a des politiques qui ont mis les doigts dans la confiture et qui s'inquiètent de ce banal fait divers ? Comment sont-ils déjà au courant ? Je viens à peine de débarquer et toi tu as été prévenu avant la Crime. La DGSI[2] avait un œil sur lui ?

— Je n'en sais pas plus que toi, mais je te répète que cela vient de haut…

— Tu veux dire que nos élites pourraient être dérangées dans leur train-train institutionnel par ce pauvre type que l'on a assommé, si j'en crois notre brillante légiste, par un coup qui ne l'aurait même pas tué, mais qui, par manque de chance, aurait occasionné une crise cardiaque ? Je veux bien croire que ce n'est pas ce qui était prévu !

— Depuis le temps que tu es dans la maison, tu sais comment ça marche !

— En effet, je sais comment ça fonctionne, on use et on abuse des privilèges et on nous demande d'arrondir les angles sans faire de vagues.

---

[2] Direction Générale de la Sécurité Intérieure.

Après ça, allez demander à des gamins de banlieue de respecter la Police et les institutions !

— Tu aimes ça, foutre la merde, hein, Tona ! Je te rappelle que toi aussi tu t'es essayé à la politique ! Alors, ne viens pas nous servir ta nouvelle religion.

— Tu as raison Jacques, pour moi : Orgueil et Vanité ! « La possession du pouvoir corrompt inévitablement la raison », disait Emmanuel Kant.

La présence de son ancien pote venait compliquer sa tâche, il lui fallait enquêter tout en veillant à ne lui laisser aucun espace susceptible de le renseigner sur la direction que prendraient ses investigations. Il n'avait pas l'intention d'être muselé par ses supérieurs avant de comprendre de quoi il retournait exactement…

Lui avait-on confié cette enquête comme un moyen discret de lui faire payer son arrogance et sa désinvolture ? Le voir se casser les dents sur une affaire politico-judiciaire qui le conduirait à une impasse l'obligeant à faire marche arrière et laisser les courtisans du pouvoir s'en sortir… Il l'avait trop souvent constaté ces dernières années !

Tona était apprécié pour cette colère qui affleurait chez lui périodiquement, et ce, malgré ses sorties parfois grandiloquentes. Il avait observé que ses trois collègues faisaient preuve d'une solidarité sans faille à son encontre.

— Tu sais Jacques, la loyauté est une chose magnifique, espérons que cette tragédie nous permettra de vérifier où sont nos vrais amis. Garder son sang-froid est la base de toute quête intelligente de la vérité. Aurélien, où est la personne qui a découvert le corps ?

— Dans la cuisine, elle est toujours sous le choc, j'ai préféré vous attendre avant de l'interroger.

— Sois gentil, demande une voiture et conduis-la au 36 pour prendre sa déposition. Comme il s'agit de sa femme de ménage, essaie de fouiller et de découvrir toutes les petites manies et les autres secrets du blogueur ! Enfin, tu nous fais la totale quoi ! Je verrai ensuite s'il convient de la réinterroger. Merci !

— Thomas, je voudrais que tu me fasses une recherche complète sur les antécédents de notre victime, je veux tout savoir : parents, frères, sœurs, maîtresses, petits copains, est-il connu de nos services ? Inutile que je t'en dise plus… Merci.

— Mélanie, toi tu fonces au bureau de l'Assemblée nationale et tu me retrouves l'historique de tous les mails que ce type a envoyés aux députés. Demarle m'a signalé qu'il leur écrivait souvent. Ne te laisse pas emmerder avec les prérogatives des élus de la Nation… Pardon pour cette tâche ingrate !

Pour le reste, on va attendre les constatations de la P.T.S,[3] mais, à mon avis, je doute qu'elle trouve quoi que ce soit d'intéressant. Si c'était un envoyé spécial, l'individu a certainement pris de grandes précautions.

Tona n'avait pas l'intention d'attendre plus longtemps pour interroger la seule personne qui pouvait encore lui apprendre des choses importantes sur ce mort : la femme qu'Aurélien avait interrogée…

---

[3] Police Technique et Scientifique.

Il lui demanda donc un rapport sur l'ensemble des renseignements là concernant, précisant qu'il allait immédiatement lui rendre visite.

Aurélien, reprenant ses notes :

— Il s'agit de Claire Derran, 40 ans, cadre à l'Éducation nationale. Elle vit au numéro 2 de la rue.

Après quoi, Tona donna rendez-vous à toute son équipe au bureau pour faire un point complet sur les premières constatations et commencer à remplir le tableau magique qui trônait au beau milieu de tout univers d'enquêteurs.

Raphaël venait de sonner au 2, chez Claire Derran, et il dut attendre plusieurs secondes avant que la porte ne s'ouvre.

— Bonjour, madame Derran, je suis Raphaël Tona de la brigade criminelle, vous avez rencontré un de mes hommes ce matin. Puis-je entrer ?

Elle s'effaça, lui laissant le soin de refermer la porte.

— Comment est-il mort ? interrogea-t-elle immédiatement…

Raphaël n'en doutait pas, l'émoi qui s'entendait dans la voix de son interlocutrice était la preuve d'une émotion sincère.

— Il n'a pas souffert si l'on en croit les premières analyses de notre légiste…

Tona estimait qu'il était inutile de tourmenter cette femme par des détails qui n'auraient fait qu'augmenter son désarroi.

Claire Derran était une femme aux traits extrêmement agréables, dont la chevelure châtain pouvait paraître indisciplinée, mais qui, au contraire, lui conférait un charme tout particulier. Tona en était ému et ne se le cachait pas.

— Si vous permettez, Madame, quelle était la nature exacte de votre relation avec monsieur Vinckler ?

Elle demeura silencieuse, mais il ne douta pas qu'elle avait compris le sens exact de sa question. Elle réfléchissait.

— Nous étions amants ; chacun avait son chez-soi, mais en dehors du travail, nous passions tout notre temps ensemble.

En entrant, il avait cru déceler sur le visage de cette femme une haine indicible, si fugitive qu'il se demanda envers qui celle-ci se dirigeait. Il savait déjà que ce n'était pas contre lui… Elle était superbe ! Tona était sous le charme, mais à aucun moment il ne le laissa paraître. La blancheur de son cou parfait attirait néanmoins son regard.

— Lui connaissiez-vous des relations qui auraient pu lui en vouloir ? Et pour quelles raisons ?

— Non, vraiment, je ne comprends pas !

Elle sentit ses genoux se dérober sous elle. Elle s'effondra sur le sol dur et froid, le dos contre le mur, impuissante à gérer sa vulnérabilité. Raphaël se précipita pour la relever. Le visage de celle-ci s'était assombri, des rides de fatigue et d'inquiétude creusaient maintenant son front. Il s'interrogea sur ce qu'elle pouvait bien redouter.

— J'ai conscience, Madame, que cet interrogatoire vous soit pénible, mais j'ai besoin de vous dans cette enquête pour rendre justice à votre ami, mais aussi pour vous protéger… C'est le mauvais côté des homicides, ils nous obligent à connaître plus de choses que nécessaire, découvrir les petits secrets souvent sans lien direct avec le crime lui-même. Il nous faut tout savoir de la victime et de son environnement. Il y a des éléments qui nous laissent craindre que l'agresseur cherchât une chose en particulier et, s'il continue à la rechercher encore, il pourrait penser que c'est à vous que monsieur Vinckler l'a confiée !

— Vous essayez de m'effrayer ? Suis-je en danger ou mes proches ?

— Je n'en suis pas sûr, Madame, mais j'ai fait en sorte qu'une surveillance discrète assure votre tranquillité. J'ai besoin que vous me disiez tout ce qu'il vous paraît important de me révéler sur votre ami… Que savez-vous de son travail de blogueur ?

— Rien en particulier, rien que vous ne puissiez découvrir par vous-même en le lisant.

— Bien sûr, mais c'est de vous qu'il m'importe d'avoir un avis !

— Il souhaitait que je relise ses textes ou billets d'humeur, comme il les appelait, qu'il envoyait à l'Assemblée, mais ils n'avaient rien de révolutionnaire. Il m'arrivait d'en corriger les fautes d'orthographe ou de proposer d'autres tournures, encore une fois, rien qui ne soit répréhensible… Jamais de menaces, aucune invective et évidemment aucune vulgarité.

Visiblement, elle se souciait du respect d'autrui. Il n'y avait chez elle ni faux-semblant ni hypocrisie. Elle secoua la tête en un petit mouvement d'impatience comme pour chasser une inquiétude qui avait envahi son esprit.

— Pourriez-vous me parler de lui avec des mots simples et, veuillez me pardonner par avance, sans embellir la réalité s'il vous plaît ?

— Je l'ai rencontré à la sortie d'une école, il venait d'accompagner la petite fille d'une de ses voisines qui part travailler tôt le matin. Il était toujours disposé à rendre service. Notre rencontre a été une évidence, nos regards se sont croisés et le dialogue s'est imposé…

— Il y a longtemps ?

— Cela aurait fait sept ans dans un mois… Il était passionné, délicat, attentif, il avait l'injustice en horreur.

— Ses parents, ses amis ?

— Son père était communiste malgré les remises en question… en réalité son beau-père. Il nous a quittés il y a quelques mois. Sa mère est morte quand il avait dix ans et il gardait en lui cette blessure qui, sans aucun doute, a forgé l'être sensible et humain qu'il était. Notre cercle d'amis s'était agrandi bien sûr !

— Politiquement ?

— Il montrait la même intransigeance dans ses analyses des réformes qu'elles soient le fait de la droite ou de la gauche. Je me rappelle sa désillusion devant la gestion des affaires durant le dernier quinquennat socialiste…

— Il était militant d'un parti ?

— Non, seulement un citoyen engagé soucieux de l'intérêt général ! Quelques semaines avant l'élection présidentielle, il me disait que je me berçais d'illusions sur les capacités du candidat de « la République en Marche » pour lequel je lui avais avoué mon intention de voter.

— Quelles étaient ses raisons ?

— Principalement son immaturité à la gouvernance. Il disait que ça amplifierait le vote des extrêmes et en cela il ne se trompait pas ! Nous avons quatre-vingt-neuf députés d'extrême droite à la chambre ! Ensuite, au fur et à mesure de son premier mandat, on a pu constater un comportement dommageable pour la cohésion de notre pays.

— Par exemple ?

— Permettez que je garde pour moi des opinions toutes personnelles.

Plus Claire Derran détaillait les contours du caractère de son ami, plus Tona éprouvait pour cet homme une sympathie grandissante.

— Lui était-il arrivé de se joindre à des manifestations violentes ?

— Jamais il n'a prôné le recours à la force pour aboutir à la reconnaissance de ses idées.

Il disait toujours que les mots étaient mille fois plus percutants que la force physique.

— S'engageait-il sur des actions concrètes ?

— Il était de beaucoup de manifestations, car cela lui paraissait nécessaire de montrer son opposition à des dispositions qui trop souvent pénalisent les plus fragiles.

— Quand l'avez-vous vu pour la dernière fois ?

— Hier soir, il me manque, nous avions prévu de vivre ensemble très prochainement.

Je n'arrive pas à concevoir qu'il ne soit plus de ce monde… Je vais me réveiller !

— Que pouvez-vous encore me dire qui peut m'être utile ?

— Pour respecter totalement votre demande, oui, il avait des côtés agaçants et qui me gênaient assez profondément d'ailleurs, ses certitudes, ses stratégies trop souvent frontales pour lesquelles je tentais parfois de suggérer une approche plus diplomatique, sans jamais y parvenir… Cela alimentait des controverses plus ou moins sérieuses, mais nos fâcheries ne duraient jamais bien longtemps… Je vais me réveiller !

Il sentit son regard pénétrer en lui, essayant de lire dans ses pensées, comme si elle exigeait de lui une franchise similaire à celle qu'elle venait de lui témoigner.

— Comment gagnait-il sa vie ?

— Avec son blog, il était très suivi par de nombreux internautes et beaucoup de « followers », augmentant ainsi les publicités. Par ailleurs, il animait des sessions de formation. Mais il devrait vous être facile d'obtenir tous ces renseignements par le fisc. Avez-vous déjà des pistes sur les circonstances de sa mort ?

Tona resta un instant silencieux, il jaugeait jusqu'où il pouvait aller dans la révélation des éléments qu'il connaissait déjà.

— Nous n'en sommes qu'au début de nos investigations, comme je vous l'ai indiqué.

Il semble que l'on soit venu chercher quelque chose en particulier. Vous a-t-il confié une clé USB, un disque dur ou tout autre objet ou document ?

— Pas de clé, mais j'ai un disque dur externe. Vous y trouverez la sauvegarde de son travail de ces dernières années. Le laisser chez moi lui permettait de travailler quand nous étions ensemble, week-ends et vacances comprises. En dehors de cela, je n'ai rien à lui qui soit secret.

— Auriez-vous la gentillesse de me confier ce disque dur ?

— Bien sûr…

— Merci, Madame, pour votre franchise, sachez que je mettrai tout en œuvre pour élucider ce drame. Je viendrai vous revoir rapidement, mais n'hésitez pas à m'appeler s'il vous revenait des choses importantes ou même si vous aviez juste le besoin de parler…

Il prit congé.

Il se rendit compte, une fois dehors, que sa dernière proposition était à la limite de ce que pouvait suggérer un flic en charge de résoudre une affaire criminelle… Il était conscient que l'empathie pouvait fausser le jugement. Le ciel s'était couvert et il allait vraisemblablement pleuvoir.

L'orage menaçait d'éclater d'un instant à l'autre, les rues allaient inévitablement se vider et c'était à ces moments précis que Tona aimait marcher, la pluie lui permettant de réfléchir différemment. Il remonta son col et courba le dos, même si la pluie ne l'avait jamais réellement dérangé. Il aimait se promener sous celle-ci tant qu'elle ne se transformait pas en déluge. Cette rencontre avec Claire Derran l'avait déstabilisé. Le portrait de la victime l'avait renvoyé à ses propres cheminements, et notamment son passage en politique et ses arrangements avec les règles quand il s'occupait de tous ces jeunes de la cité. Il ressentit le besoin de se poser quelque part pour faire le point et taire ses voix intérieures qui le questionnaient sur ses trajectoires passées.

Il opta pour la petite brasserie où il avait ses habitudes. Armand, le propriétaire, était devenu un ami et l'installait toujours, quand il venait seul, dans une petite pièce bien à l'abri des autres clients. Armand tenait ce restaurant comme lorsqu'on cuisine pour sa famille, ses clients étaient pratiquement tous devenus de bons copains et certains des amis. Son accent du sud-ouest rendait sa conversation chantante, ce qui allait bien avec son mètre quatre-vingt-dix et ses cent vingt kilos. Il avait la générosité comme principe de vie !

Tona aimait se retrouver dans cet espace protégé, dans ce petit cabinet de travail, comme il aimait le nommer. Là, il pouvait réfléchir sans être dérangé et coucher sur le papier tous les détails qui se promenaient dans le dédale de ses rêveries.

À peine installé, lui revinrent en boucle les qualificatifs que Claire Derran avait utilisés pour décrire l'homme dont elle était amoureuse. En effet, depuis un bon moment déjà, Raphaël s'était découvert des traits qui le dérangeaient et lui déplaisaient. C'est en partie pour s'amender et corriger ses travers qu'il était devenu ce flic rigoureux et intransigeant : comme s'il voulait racheter tous ces moments où il avait fermé les yeux et profité du système. Avant de retourner au bureau, il décida de faire un tour par le siège de la D.G.S.I, il espérait y rencontrer les supérieurs de son compère Jacques. Toutefois, aucun d'entre eux ne fut en mesure de lui donner la moindre explication sur la présence de leur agent sur sa scène de crime. Chez ces hommes de l'ombre, le silence est une religion, ne rien dévoiler qui puisse gêner la sécurité intérieure. Pour Tona, ils avaient tendance à se la raconter… Même si cette hypothèse ne lui plaisait pas, Tona devait envisager que ce blogueur inoffensif en apparence pouvait représenter une menace. Le tout était de savoir de quel ordre et pourquoi ?

Il connaissait bien la DGSI. Il avait constaté que certains fonctionnaires aimaient se faire mousser auprès de la hiérarchie en échafaudant des scénarios de conspiration souvent paranoïaques… totalement improbables !

Cela leur permettait de justifier le pouvoir dont ils jouissaient. Dans bien des cas, ces constructions de risques et autres complots n'aboutissaient à rien de concret. Sauf qu'en l'espèce, il y avait eu une boulette… Ce pauvre Vinckler en avait fait les frais, et Tona était bien décidé à élucider les malheureuses circonstances qui avaient entraîné ce drame.

De retour au 36, toute son équipe était déjà à pied d'œuvre et avait commencé à couvrir le tableau magique de photos de la scène de crime et des personnes pouvant être intéressantes ou soupçonnables. Tout se mettait en place pour que Mélanie apporte son expertise… Le profilage, disait-elle, ne peut se faire qu'au calme et face à cet écran d'informations et à cette grande table littéralement envahie de dépositions et de rapports. Un diagramme commençait à se dessiner. Les pistes et les trajectoires fléchées formaient une toile d'araignée des plus colorées.

Tous les rapports que Tona avait demandés à ses collègues étaient rentrés. Il les informa qu'il avait récupéré un disque dur chez Claire Derran contenant l'ensemble des écrits de la victime et qu'il allait étudier tout cela tranquillement. Il était presque dix-huit heures et l'on était samedi. Il donna congé à ses subordonnés, mais lui allait en profiter pour étudier tranquillement, et à tête reposée, l'ensemble des documents rassemblés par son équipe.

— Passez un bon dimanche et à lundi !

Chapitre III

Le dimanche, c'est grand brunch dans la tanière des amis devenue le nouveau foyer de Raphaël. Avec Nathalie, Benjamin et René, ils avaient à cœur de se rendre libres et solenniser cette reconquête hebdomadaire de leurs âmes de mômes. Tous les sujets de conversation s'invitaient au menu, choisis parmi les polémiques qui agitaient les médias au quotidien. Les chaînes d'informations en continu fournissaient toujours une matière des plus éruptives. L'exagération et parfois même le curieux traitement des faits rendaient souvent incompréhensibles les contours de l'évènement lui-même. Ils étonnaient par ce procédé journalistique surfant sur le sensationnel pour vendre plus que pour informer. Mais avant tout, cette messe dominicale se vivait comme une ode à la vie. Même quand les échanges faisaient monter le volume sonore, jamais il n'y avait de déchirures dans les liens indéfectibles qui s'étaient de manière exponentielle noués depuis l'enfance.

Jacqueline travaillait pour les « Bogossian » depuis de nombreuses années. Elle n'avait jamais été d'une grande beauté, trop large du bassin, un drôle de nez, un regard d'une couleur incertaine, mais qui pouvait vous faire trembler, un humour qui apportait de la légèreté aux conversations… Ses traits montraient une vraie force de caractère. Tous la connaissaient depuis de longues années et lui vouaient une véritable tendresse.

Elle avait accompagné avec les membres de la famille Hélène, la femme de René, partie subitement d'un cancer généralisé. Il n'avait jamais été question pour celui-ci de s'en séparer et, après la disparition de son épouse, il en avait fait une super intendante s'occupant de tous les aspects administratifs, logistiques et domestiques qui l'avaient toujours rebuté. Jacqueline, qui n'avait plus la charge de la préparation des repas, avait alors proposé à René d'embaucher sa nièce Laura, et ce malgré le risque d'ajouter un facteur déstabilisant à l'harmonie du groupe…

Laura était de taille moyenne avec de belles épaules, une peau lumineuse et une chevelure qui hésitait entre le blond et le châtain, épaisse et ondulée. Elle semblait s'habiller sans y prendre garde comme si son apparence lui était indifférente. Pourtant, nul doute que cette petite avait conscience de ce qu'elle dégageait. Jeune femme superbe, vive et sensuelle, sa fraîcheur embellissait l'espace. Benjamin et Raphaël lui firent un accueil des plus attentionnés, rassurant du même coup René qui craignait d'avoir été trop audacieux dans sa décision immédiate. Dès le premier brunch sous l'autorité de Laura, la symbiose s'était réalisée. Elle n'avait rien laissé de côté quant aux recommandations de sa tante.

Comme beaucoup de jeunes filles, elle avait appris l'art de la cuisine en regardant faire sa mère et Jacqueline lui avait enseigné les principales recettes arméniennes qu'affectionnait René. L'imposante table en chêne massif plantée au centre de la grande salle à manger débordait de victuailles : les charcuteries parmi lesquelles on trouvait aussi mortadelle et Parme, les viennoiseries accompagnées par le basturma, le sudjuck et le péché mignon de

René « Les Dolmas », ces feuilles de vigne farcies au riz, mais aussi le Houmous et les œufs de cabillauds montés en tarama, rien ne manquait. Laura avait pris soin du plateau de fromages composé des préférences de chacun : l'époisses et la tomme de chèvre pour Nathalie, le gorgonzola plutôt que le roquefort pour Raphaël, le reblochon et le munster pour Benjamin. Quant à René, pour lui, rien ne valait un camembert au lait cru.

Enfin, Laura pouvait cuisiner à la demande, œufs coque, au bacon, sur le plat ou brouillés. Les fruits de saison eux trônaient au quotidien et en permanence au centre de la table.

Ce jour-là, Raphaël n'était pas au mieux, tous l'avaient remarqué, il avait mal dormi. Ce n'était pas la première fois qu'il s'éveillait avec ce sentiment flottant de mal être. Rien dans ce qu'il avait lu dans les écrits de la victime et autres rapports de son équipe n'indiquait la moindre mise en danger de la sécurité intérieure.

Certes, les billets d'humeur de Vinckler pouvaient être corrosifs à l'endroit même de l'exécutif, mais tous affichaient un humour anéantissant d'emblée toute inquiétude de menaces réelles. Le plus stupide de ses anciens collègues aurait été en mesure de s'en rendre compte…

Comment repousser une pensée qui vous obsède ? Plus vous essayez, plus elle revient en force, parasitant votre cerveau et bouffant votre énergie ! Il fallait rechercher une autre cause… trouver un indice nouveau… Cela lui apparaissait de plus en plus évident ! Le mobile se trouvait forcément ailleurs… De quoi pouvait-il bien s'agir ?

Ce malheureux blogueur avait fait les frais d'un affolement irrationnel. La panique avait précipité le drame…

Tona était troublé… Il n'arrivait pas à exprimer son malaise par des mots, il avait confusément la certitude que rien ne collait… Quelle était la part accidentelle ? Quelle était la part préméditée ?

Il butait contre ce mur de conjectures.

À cet instant, il ne doutait plus que cette mort, selon toute vraisemblance circonstancielle, allait compliquer ses recherches ! Henri Demarle ne lui avait pas fait un cadeau avec cette affaire bizarre. Il ne pouvait pas en ignorer le caractère pernicieux, que cherchait-il à prouver ?

Tona avait accepté cette affaire sans renâcler, bien que ce signe inconscient d'anxiété qui trahissait son supérieur chaque fois que celui-ci se mordillait la lèvre avant de parler lui avait mis la puce à l'oreille…

Pour commencer, il fallait veiller à la sécurité de Claire Derran. Il lui avait conseillé, si elle en avait la possibilité, de se faire héberger par un parent, le temps pour lui de vérifier certaines hypothèses. Il était hors de question de reculer devant les difficultés, il lui avait promis d'apporter des réponses à ses multiples interrogations… La seule option possible était d'avancer…

Raphaël avait pris l'habitude de partager ses embarras avec ses amis qui, du coup et de façon totalement informelle, participaient à l'enquête. Il concevait que les règles de confidentialité devaient être respectées à la lettre, mais il savait pouvoir compter sur l'entière discrétion de ses camarades. Il espérait un éclairage insoupçonné, qu'un œil neuf lui permettrait d'orienter l'enquête vers de nouveaux horizons. Il savait qu'aucun d'entre eux ne se laisserait détourner de la réalité par une empathie ou une compassion trop envahissante. Argumenter revenait à se tenir en marge de l'évènement lui-même. C'était une manière de prendre du recul face au désordre des émotions. Ce brunch, au-delà de son caractère festif, devenait une annexe du 36. Comme des enfants à qui l'on a promis un sucre d'orge, ils attendaient tous que Raphaël les sollicite pour démêler les fils de cette sombre histoire.

— Alors, tu nous expliques ? venait de tonner Nathalie, toujours aux prises avec une large tranche de saumon fumé.

— Oui, tu vas enfin nous dire ce qui te met dans un tel état ? poursuivit René, alors que lui commençait tout juste à manger !

Rafa était brillant, acharné au travail, intuitif, persévérant, toutes ces qualités qui faisaient de lui le meilleur élément de la brigade criminelle. C'était le plus souvent vers lui et son groupe que se tournait son supérieur quand une enquête particulièrement tordue s'annonçait. Mais au-delà du plaisir d'investiguer avec ses amis à la recherche de vérités enfouies, il avait besoin du regard de simples citoyens !

— Préférez-vous manger d'abord et parler ensuite ou pouvez-vous parler et manger en même temps ?

— Arrête de nous faire languir, expose-nous ce que tu sais avec certitude !

Raphaël avait alors minutieusement décrit la scène de crime et explicité l'ensemble des circonstances qui avait mené à la mort de Vinckler, homme de réseaux sociaux très actif dans sa critique du pouvoir.

Il prit grand soin de rendre aussi conforme que possible le portrait de cet homme dans l'esprit de ses amis.

— Il y a peu, cet homme, à qui l'on ne connaît plus aucune famille, était en pleine vie : il inventoriait et détaillait les faiblesses d'un pouvoir en errance. Il fourmillait d'idées, d'émotions et d'opiniâtreté. Puis, ce fut l'angoisse, la sensation d'une atroce douleur… et plus rien…

« Ni rire ni pleurer ni haïr mais comprendre », disait Spinoza.

— Ma parole, tu t'es pris d'affection pour lui ? souligna Benjamin. Bravo !

René commençait à s'impatienter, il voulait que Rafa leur parle des missives que la victime adressait aux députés de la majorité.

— Vas-tu nous parler de ses bafouilles oui ou merde ? renchérit Benjamin.

— J'y viens… Avant les mails, il y a eu plusieurs lettres dont une à la première dame, plutôt marrante d'ailleurs : il lui demandait de bien vouloir recadrer son époux : je pense que c'est à partir de là qu'on a mandaté la DGSI…

— Qu'écrivait-il d'autre à la première dame ? intervint Nathalie…

— Que le premier acte de ce Président avait été de supprimer cinq euros aux allocataires des APL[4] et de faire un cadeau fiscal aux grandes fortunes se cachant derrière la théorie du ruissellement qui devait remplir les poches de ceux qui n'ont rien !

— Un garçon d'une grande sagacité et courageux de surcroît… Je comprends que tu y sois attaché, fit remarquer Benjamin.

— Il pointait surtout du doigt les avatars de cette République promise comme irréprochable !

Nathalie, dans un grand éclat de rire, ajouta :

---

[4] Aide personnalisée au logement.

— C'est vrai, il y a eu cet épisode d'un grand guignol déguisé en flic pour aller bouffer du méchant manifestant qui embêtait son ami… Décidément, ils sont capables de tout au Château, c'est même à ça qu'on les reconnaît !

René, amusé par cette allusion à une célèbre réplique des tontons flingueurs :

— Je vois que tu n'as pas oublié tes bons vieux classiques !

— Pendant la crise sanitaire, il a suggéré d'envoyer la porte-parole du gouvernement prêter main-forte aux agriculteurs, en grande difficulté par le manque de main-d'œuvre pour la récolte des asperges !

René, avec une pointe d'agacement.

— Il fait allusion à sa malheureuse sortie sur le masque qu'elle serait incapable de mettre correctement ?

— Pas seulement, surenchérit Nathalie, mais avant tout à son abêtissement…

— Je poursuis, Vinckler réagit aux nombreuses paroles méprisantes et déplacées à l'endroit des Français et propose que le Président soit confiné…

Benjamin, dans une formule dont il avait le secret :

— Comment ? Notre premier de cordée aurait fait preuve d'arrogance et de mépris ? Dire que ce garçon en troisième était un élève très convenable, dommage qu'il n'ait pas fini sa scolarité !

— Allez-vous finir avec vos répliques de gamins ? Toi, Benjamin, il faut toujours que tu en rajoutes…

— À peine, René ! Je t'assure ! À peine… J'ai lu un papier d'une journaliste dont le nom m'échappe, ancienne d'Europe 1 et de l'Express, donc très loin de ce méchant vilain blogueur gauchiste et malfaisant. Elle avance la même critique… Elle était même plus sévère, en affirmant qu'il progressait dans son immaturité à la gouvernance. Mais il a poussé l'art de la démagogie encore plus loin en promettant, en juillet 2017, à tous les SDF[5] de ce pays qu'ils auraient un toit sur la tête avant la fin de l'année. C'était une question de dignité humaine, avait-il ajouté, des trémolos dans la voix. 624 morts dans la rue en 2022, comme l'année d'avant ! Moyenne d'âge, 49 ans.

Vas-tu continuer à prétendre que nous exagérons ?

Ce dernier rappel fit naître un vrai malaise suivi d'un long moment de silence… Un ange passa…

— Enfin, pour finir reprit Rafa, il présentait le Président comme un magicien, qui d'une main agitait un leurre, pour, que de l'autre il puisse mieux tromper les Français, notamment sur la vraie raison de sa réforme des retraites.

Le chef d'entreprise qu'était René se devait d'intervenir !

— Que vous le veuillez ou non, une réforme devra se faire tôt ou tard !

Nathalie très en colère :

— J'en conviens, Azad, encore que ça se discute ! Mais pas celle qu'il a voulu nous faire gober et qui n'avait qu'un seul but, transférer vers ses amis banquiers la gestion privée des 350 milliards des fonds de retraite !

— Nathalie a tout à fait raison ! Curieusement, cela fait trois fois qu'il modifie son projet ! fit remarquer Benjamin.

---

[5] Sans domicile fixe.

— Personne en France ne tue un opposant pour avoir dénoncé un mensonge d'État ni même une corruption avérée du pouvoir, on n'est pas en URSS ! et encore moins en Corée du Nord !

— Tu as raison, René… Personne ne tue pour ça ! confirma Rafa… Il y a d'autres mails auxquels Mélanie, de mon groupe Police, n'a pas eu accès et qui, semble-t-il, comportent des menaces, sans que j'en connaisse la teneur au moment où je vous parle.

— Signés par notre homme ? s'inquiéta Benjamin.

— Non ! Cela me paraît impossible ! Sans être un spécialiste de l'informatique, je sais que chaque ordinateur a une adresse propre que cette adresse IP, comme on dit, conduit en toute logique à un nom… Ce qui me fait dire qu'ils viennent d'ailleurs.

Mélanie avait consigné dans son rapport que d'autres propos s'étaient glissés dans ceux de Vinckler ; il était évident qu'on avait empêché la localisation de l'ordinateur par un logiciel qui renvoyait à une fausse adresse.

René, très attentif aux informations qui venaient d'être délivrées, souhaitait quelques éclaircissements.

— Tu penses pouvoir récupérer ces notes ?

— Je ne sais pas, mais si la DGSI a la main dessus ça m'étonnerait… Ce pays fout le camp ! On ne prête plus attention aux abus de pouvoir qui deviennent coutumiers. Les gens ont peur, qu'ils soient âgés ou plus jeunes. Les violences conjugales explosent, les échauffourées entre gamins sont à chaque fois plus meurtrières et la police se suicide faute de réponses politiques cohérentes ! Quant au pouvoir, il tire au sort des citoyens !

— Comment vas-tu progresser ? questionna Nathalie.

— D'abord écouter vos analyses, ensuite procéder de façon logique, éliminer tout ce qui a déjà été examiné, puis se pencher sur ce qui reste, même ce qui paraît improbable à première vue… Qui commence ? Toi, Benjamin ?

— Je veux bien… à l'évidence si les services de sécurité intérieure ont la charge de l'affaire, c'est qu'il y a volonté de protéger quelqu'un ou quelque chose. Il va falloir que tu te creuses la tête pour contourner cet obstacle. Je suppose qu'il doit te rester des copains dans ce service ?

Maintenant, il n'est pas impossible que nos brillants agents secrets aient fait fausse route et attribuent à ce pauvre type des intentions qui n'ont jamais été les siennes.

Nathalie prenant la parole à son tour :

— Raphaël, j'ai un ancien stagiaire accrédité au bureau de presse de l'assemblée, il me doit de nombreux services, je l'appelle demain à la première heure. Si j'apprends quelque chose, je t'envoie un SMS.

— Merci, Nathalie. Et toi, René, quelle est ton opinion ?

— Laisse-moi un peu de temps, la nuit porte conseil… Mais je ne te ferai pas attendre jusqu'à demain, après ma sieste je te dirai mon sentiment !

René n'avait jamais eu l'intention de faire la sieste, même s'il n'aurait pas craché sur un moment de pur repos. Souvent, le dimanche après-midi, il passait saluer sa défunte épouse. Il s'y rendait à pied chaque fois que le temps le lui permettait. Aujourd'hui, le soleil était au rendez-vous et, même si René n'exagérait que très rarement dans les plaisirs de la table, cette promenade digestive lui ferait le plus grand bien.

À peine avait-il passé la porte du cimetière qu'il croisa Jacqueline qui, elle venait de temps à autre. Après un bref échange ponctué de remerciements et de bons vœux pour cette fin de week-end, René reprit son cheminement vers la tombe de son épouse. Arrivé près de celle-ci, il commença par chasser brindilles et feuilles mortes de la pierre tombale. Puis il s'assit pour lui confier son quotidien :

— Tu vois, la cohabitation se passe magnifiquement bien… Il y a même une harmonie à laquelle je ne m'attendais pas. Cet assemblage loufoque de petits cons que nous sommes restés arrive souvent à me faire rire et suscite de véritables moments de joie… Ce matin, Rafa nous a détaillé les difficultés qu'il éprouvait dans sa nouvelle affaire. J'ai promis de lui dire mon sentiment quand je rentrerai. Ce qui m'étonne, vois-tu, c'est la raison pour laquelle son supérieur l'a désigné pour conduire cette enquête alors qu'elle est couverte par la D.G.S.I. Il y a là un mystère que je ne m'explique pas. À la Crime, personne n'ignore l'emmerdeur qu'est Tona ! Alors, pourquoi Demarle l'a-t-il chargé de résoudre ce coup fourré ?

René se figea et resta un instant silencieux, le temps de permettre à des passants de s'écarter, de crainte de paraître ridicule parlant seul. Il arbora un air recueilli puis reprit :

— Oui, j'y ai déjà pensé, mon vieux copain Roger y travaille toujours ! Mais… j'hésite à le solliciter, il est à deux ans de la retraite et je ne voudrais pas qu'il ait un problème à cause de moi… Même si, à chaque fois que j'ai eu besoin de lui, les précautions que nous avions prises avaient parfaitement fonctionné. Personne n'en a jamais rien su. Je vais me ranger à tes conseils. Il déposa du bout des doigts un baiser sur la pierre et se leva.

Le lundi matin, en arrivant au 36, Tona aperçut toute son équipe rassemblée autour du distributeur de boissons à siroter leur café. Camille s'était jointe à eux et avait confirmé dans son rapport les premières constatations qui furent les siennes sur la scène de crime. Tona s'était tout naturellement dirigé vers eux et accepta l'invitation de sa légiste à s'arrêter pour avaler un café en leur compagnie. Pendant les quelques minutes d'échanges informels sur l'enquête, Tona reçut un SMS. Après en avoir pris connaissance, il resta silencieux et rangea lentement son portable dans sa poche.

Demarle savait que son commissaire se trouvait au bout du couloir en compagnie de son groupe. Il passa la tête dans l'entrebâillement de la porte signalant à Tona son souhait de s'entretenir avec lui dès qu'il aurait fini de boire son café. Raphaël prit son temps et s'amusa à faire comprendre aux autres qu'il s'attendait à recevoir un savon par des expressions drolatiques sur son visage.

Dans le bureau, Demarle se montra visiblement mal à l'aise et commença par lui demander comment se passait sa cohabitation ?

Il connaissait René Bogossian de réputation, industriel de premier plan et savait qu'il était à l'origine de ce regroupement d'amis d'enfance. Pour mettre fin à ce qui lui paraissait être un badinage sans importance, Tona alla droit au but :

— Monsieur le Directeur vous ne m'avez pas fait venir pour me parler de mes copains de la rue de la Défense ?

— Non, vous avez raison, mais monsieur Bogossian est un chef d'entreprise qui compte et qui côtoie beaucoup de beau monde. Comment se fait-il qu'il ne se soit jamais remarié ?

Tona, interloqué par cette dernière demande, décida malgré tout d'y répondre… !

— Je dirai que c'est à cause des enfants, de plus il avait pour son épouse une authentique adoration.

— Je comprends. Pour ma part, voyez-vous, une fois mon épouse décédée, je me suis retrouvé seul, nous n'avions pas eu d'enfant. Ma rencontre avec Colette, que vous connaissez bien, a changé ma vie et j'ai élevé son petit garçon comme s'il était le mien… J'espère ne pas vous avoir ennuyé avec cette entrée en matière plutôt personnelle ?

— Pas le moins du monde, Monsieur le Directeur, je suis même plutôt honoré de votre confiance. Mais il n'en reste pas moins que ces épanchements ne sont pas habituels entre nous !

Demarle eut un sourire sans retenue, puis redevint sérieux.

— N'y voyez aucune stratégie pour atténuer les reproches que je dois vous faire. Qu'est-ce qui vous a pris ? Je veux dire quelle mouche a piqué votre protégé ? Demander la consultation de documents classifiés au bureau de l'Assemblée ? Ce matin, à la première heure, le chef de cabinet du ministre des Relations avec le Parlement m'a appelé. Avez-vous émis l'hypothèse que des élus pouvaient être impliqués ?

— À aucun moment Mélanie n'a affirmé une telle chose Monsieur le Directeur. Comme j'ai essayé de vous l'expliquer, la présence de Fournier sur la scène de crime, peut signifier qu'un gros bonnet a mis les doigts dans la confiture…

— Ne soyez pas trivial, Tona !

Demarle venait de pâlir, les muscles de son visage s'étaient contractés…

— Raphaël, écoutez-moi bien, personne ne s'attend à que vous réussissiez à résoudre toutes les enquêtes qui vous sont confiées. Si cette affaire vous paraît trop difficile…

Tona lui coupa net la parole :

— Je veux résoudre celle-ci, mais si j'ai les mains liées je ne pourrai pas y parvenir et si en plus on vous lie les vôtres…

— Ne soyez pas insolent ! répondit Demarle, tendant les mains devant lui… Ai-je les mains liées ? Il vous faut faire attention, voilà tout ! Pour ma part, si vous deviez renoncer, je vous garderais néanmoins toute mon estime. Vous êtes un bon flic Tona et personne ne vous en voudra si vous deviez échouer, comprenez-vous ?

Demarle avait formulé à dessein et en termes choisis ses mises en garde de façon qu'elles puissent être librement interprétées par son subordonné. Tona n'avait pas besoin d'autorisation plus explicite. La vérité se trouvait dans ce que Demarle taisait, les paroles non dites. Il avait naturellement compris le sens véritable de la conversation et il allait le signifier de façon très claire à son supérieur.

— Croyez-moi, Monsieur le Directeur, j'ai bien entendu vos mises en garde et afin de vous rassurer, sachez-le, je fais toujours en sorte d'éviter les coups de bâtons.

En sortant du bureau et durant les quelques mètres qui le séparaient de la salle commune à l'enquête où patientaient ses coéquipiers, la cervelle de Tona bouillonna d'hypothèses en tous genres. Il se demandait comment il allait partager avec eux la curieuse conversation qu'il venait d'avoir.

En entrant dans l'espace regroupant les bureaux, Thomas lui signala que la secrétaire venait de lui déposer un petit mot à caractère personnel.

Avant de faire le point avec son équipe sur les directions que pourrait prendre l'enquête, il prit connaissance de la missive qu'on venait de lui déposer. Elle émanait de son frère aîné Lorenzo, qui avait tenté de le joindre sans succès et lui demandait de bien vouloir le rappeler dès qu'il le pourrait.

Au fond de lui, Raphaël avait parfaitement conscience des raisons de son éloignement d'avec son frère. De neuf ans plus âgé, Lonrezo avait pris la place d'un père qui les avait abandonnés lâchement dans leur prime jeunesse. La colère qui s'était installée en Lorenzo, par suite du départ du chef de famille, fit naître au plus profond de lui une rage de vaincre et un besoin de revanche qui furent les catalyseurs de sa réussite professionnelle. Cette ascension sociale s'accompagna de choix politiques qui peu à peu éloignèrent les deux frères. Rafa s'opposait à Lorenzo plutôt comme un fils qui devait tuer le père, pour avoir une chance de s'émanciper. Leur écart d'âge les avait positionnés de façon radicalement différente dans la conduite de leur propre destinée. Rafa était dans la transgression quand Lorenzo cherchait à lui inculquer ordre et responsabilité.

Ce fossé générationnel et la mise en distance géographique avaient freiné un rapprochement qu'au fond ils devaient désirer l'un et l'autre.

Il avait bien l'intention de rappeler son frère une fois qu'il aurait partagé avec son groupe ses échanges codés avec son chef. Il n'oubliait pas non plus Nathalie. Tona prit son portable et mit à l'écran le texto de son amie journaliste pour que chacun puisse le lire tout en mettant son index devant ses lèvres indiquant par là qu'il souhaitait qu'il reste tu. Aurélien prit la parole, sachant qu'il respecterait l'injonction mimée par le capitaine…

— Chaque prise de pouvoir s'accompagne d'une corruption plus ou moins assumée, mais qui risque de perdurer ou s'intensifier tout au long de son exercice… Il en est ainsi depuis que le monde est monde…

— Nous sommes tous d'accord, Aurélien, mais tant que nous ne savons rien d'autre, laissons cela de côté.

— Alors, dis-nous comment ça s'est passé avec ton chef ? intervint Mélanie.

— Vous n'allez pas le croire ! Aucune remontrance, d'aucune sorte… Mieux, dans l'hypothèse où nous échouerions à démêler les circonstances de ce drame, il a fait montre d'une indulgence imprévisible en nous conservant toute son estime.

— Nous tend-il une perche pour que nous allions fouiller dans les poubelles de la République ?

— Je ne le dirai pas comme cela, Mélanie, mais il m'a invité à ne surtout pas m'entêter…

— Donc nous avons carte blanche ? intervint Thomas.

— Nous savons en tout cas que la D.G.S.I tire les ficelles, surenchérit Aurélien.

— C'est pourquoi nous allons tout faire pour contourner ces messieurs !

— Avancer masqués ? demanda Mélanie.

— Faire tomber les masques sans éveiller les soupçons… Vous allez faire en sorte de secouer tous vos indics, tous vos contacts, même les plus ringards, tous vos tontons ! Si le visiteur malheureux de Vinckler est un fusible, il y a fort à parier que cela se sait déjà. Je compte sur vous trois pour ramener des biscuits… Bonne chance et à demain. Moi, je vais téléphoner à mon frère.

Avant de joindre son frère, Tona voulait demander à René de le recevoir au plus vite. Son heure serait la sienne… Il lui envoya immédiatement sa demande.

Il composa avec application le numéro de son frère…

— Allô, Lorenzo, comment vas-tu ?

— Très bien, merci de me rappeler.

— Ça me fait plaisir de te parler, je suis désolé de ne pas venir te voir plus souvent…

— Ne t'inquiète pas petit frère, au fond je sais que tu m'aimes ! Et qu'on s'aime !

— Évidemment que je t'aime, que puis-je faire pour toi ?

— J'ai lu dans le journal « La Provence » un article sur ce blogueur victime d'un homicide, c'est toi qui t'occupes de cette affaire ?

— Oui. En quoi t'intéresse-t-elle ?

— Eh bien, figure-toi que par le plus grand des hasards, j'ai assisté à un débat qui l'opposait au député de la majorité du coin, flanqué d'un maire « Républicain » qui s'apprêtait à passer chez les gagnants et d'un représentant de la « Gauche Plurielle » comme on dit.

Il y était question du pass sanitaire et des atteintes aux libertés. J'avais trouvé ses interventions très mesurées et d'une grande justesse. Deux d'entre elles en particulier !

— Que disait-il pour te distraire ainsi de tes certitudes politiques ?

— Je suis allé réécouter le Podcast en vue de notre discussion fraternelle…

— Tu me fais peur, Lorenzo, tu ne vas pas virer gauchiste ? Dis-moi ce qui t'a plu à ce point…

— C’est malin, crétin ! Je te lis ses propos… « Imposer des mesures qui visent à différencier les citoyens entre eux apparaît méprisable ! Si cette politique ne fait pas de notre belle France une dictature, elle en altère considérablement son âme. »

J’avais trouvé son analyse intelligente et mesurée. Elle m’avait fait réfléchir…

— Lorenzo, je suis heureux de t’entendre dire que l’on peut critiquer le pouvoir. Et cette deuxième observation ?

— Il reprenait la formule du Président pour justifier l’obligation vaccinale de fait : « La liberté de chacun s’arrête où commence celle des autres. »

— Qu’en disait Vinckler ?

— Il répondait par cette tirade qui je l’avoue m’avait troublé… « Monsieur le Président, où commence la liberté de ces millions de familles qui, dans nos banlieues, sont harcelées dans leur quotidien par des bandes de dealers, empêchant simplement leurs enfants de jouer au bas des immeubles en toute sécurité ? Je comprends qu’il soit plus facile de culpabiliser d’honnêtes Français se rendant au restaurant plutôt que de s’opposer à de vrais malfrats. Chaque jour, notre police républicaine est également victime de cette violence engendrée par ces petits et grands trafics. Alors, dites-nous où commence la liberté de tous ces citoyens qui travaillent et ne demandent que de vivre en paix ? »

— En effet, je comprends que son discours t’ait plu… Pour te dire la vérité, plus je découvre des choses sur lui, plus j’apprécie cet homme et sa personnalité.

— Tu sais déjà ce qui s’est passé ?

— Je ne peux rien te dire frérot, mais sache que j’irai au bout de cette saloperie.

— Je vois, tu repars en guerre !

— Même pas, nous voulons simplement la vérité sur cette tragédie. Je te remercie pour ton appel et je te fais une promesse : « Je viendrai très prochainement te voir. » À bientôt, frangin !

— Alors je t'attends et je t'embrasse.

— Moi aussi, au revoir, Lorenzo.

À peine eut-il mis fin à sa communication avec Lorenzo que son portable lui indiquait l'arrivée d'une nouvelle notification. C'était René qui était tout à fait d'accord pour le rencontrer, si toutefois il concevait de se coucher très tard, car il lui était impossible de rentrer avant minuit au mieux ?

— Va, pour tard ce soir… répondit-il immédiatement.

Il avait envoyé ses coéquipiers aux quatre coins de Paris et de sa banlieue pour glaner de précieux renseignements. Pour sa part, il avait l'intention de solliciter les gamins devenus grands de la cité dont il s'était occupé, au premier rang desquels son copain Kamel.

Il savait que celui-ci avait conservé de nombreux contacts avec ses amis d'enfance, dont certains n'avaient pas tout à fait rangé les gaules… Alors, pour éviter de le mettre en délicatesse dans la cité, il lui avait proposé de déjeuner ensemble à la brasserie de son ami Armand. Là, dans ce petit cabinet des discrétions et des indiscrétions, ils auraient tout le loisir de parler sans retenue.

Il voulait arriver chez Armand en avance et profiter de ces quelques minutes de solitude pour préparer sa rencontre nocturne avec René. Ils étaient certes amis d'enfance, et les liens tissés entre eux deux avaient toujours été très solides. Rafa néanmoins évitait de solliciter son ami sans véritable raison. Il aimait se remémorer ce proverbe arabe : « Quand ton ami est de miel, ne le mange pas tout entier. »

Il avait conscience que René lui permettrait de comprendre le dessous des cartes. Mais cela l'obligeait à solliciter ses relations professionnelles et son réseau de grands entrepreneurs. Et c'est précisément ce qui gênait Rafa.

À l'évidence, il n'avait pas le choix et il s'y était résolu… Il lui fallait découvrir ce qui se cachait derrière le texto de Nathalie.

Comme un scénariste, il écrivit une suite dialoguée qui lui permettrait d'avancer avec précaution vers ce dont il avait besoin d'apprendre ! Kamel venait d'être introduit par Armand qui referma la porte derrière lui. Il ne reviendrait que pour leur apporter le déjeuner.

Tona tenait absolument à repasser au 36 et informer son directeur de sa stratégie globale et de la trajectoire qu'allaient prendre ses investigations. Il avait compris que Demarle tenait à le voir réussir, mais il n'en connaissait toujours pas les raisons.

Il lui restait quelques heures à tuer avant sa rencontre avec René. Il lui fallait se vider la tête, se détendre un peu, ne plus penser à Vinckler ni même à Claire Derran qui hantait également son esprit.

Il était maintenant assis à une table de poker. À minuit tapant, il attendit son pote René assis dans la bibliothèque de la maison et parcourut un livre de Pier Paolo Pasolini, un homme aux multiples talents qu'il affectionnait tout particulièrement.

René pénétra dans la pièce, Rafa le remercia…

— Si j'ai bien compris, tu as besoin de mes relations ?

— Tu marques un point !

Rafa prit son portable et montra le texto qu'il avait reçu de Nathalie.

— C'est précisément pour m'éclairer là-dessus que j'ai besoin de toi.

— Je comprends, mais il me faut passer quelques coups de fil !

— Veux-tu que je te laisse ?

— Non, reste, tu ne me déranges pas !

Ils travaillèrent jusqu'à deux heures du matin. René n'avait aucun scrupule à téléphoner à ses divers contacts. À en juger par les bribes de conversation, personne ne se plaignait d'avoir été dérangé. Rafa était impressionné : là était le véritable pouvoir ! Rares étaient les personnes qui pouvaient appeler en pleine nuit et obtenir une réponse courtoise.

À deux heures passées, René avait réuni certaines pièces du puzzle. Il les exposa à son pote. Il restait quelques blancs, mais il savait ce qu'ils cachaient même s'il ne souhaitait pas le révéler tout de suite.

C'était maintenant à Tona de finir l'histoire !

Chapitre IV

Malgré son peu d'heures de sommeil, Raphaël s'était retrouvé très tôt ce mardi matin sur la scène de crime. Il avait besoin de se couler dans les murs où Vinckler avait vécu avant de succomber si prématurément. C'était son truc à Tona : s'immerger dans les derniers moments de vie d'une victime.

La violence pouvait-elle imprégner durablement l'atmosphère ? Il espérait que ce que l'on était venu chercher ici soit encore caché dans la maison… Il se disait que, peut-être l'intrus, pris de panique devant les spasmes convulsifs du blogueur, avait fui précipitamment et que, dans son affolement, il aurait oublié sa mission. Il l'espérait, mais au fond de lui il n'y croyait pas vraiment !

Les experts de la police scientifique n'avaient ponctué leur rapport d'aucune bonne nouvelle… Pas la moindre trace de terre remuée, donc rien n'avait été enfoui dans le petit parterre de verdure parsemée de quelques fleurs et de petits arbustes. Rien non plus dans la chambre à coucher, pas de cache secrète, de lame de plancher factice, pas de coffre-fort dissimulé dans l'épaisseur d'un mur…

Il avait pris place au centre de la grande pièce qui faisait office aussi de salon, tourné vers la fenêtre, le regard rivé sur le lever du jour. Le soleil, filtrant peu à peu par les portes vitrées qui ouvraient sur le petit jardin, inondait maintenant tout l'espace.

Durant tout ce temps, il resta assis sur un petit tabouret de bois qui faisait tourniquet, lui permettant ainsi d'embrasser l'ensemble de ce living-room sans être obligé de se contorsionner ou de décoller les fesses de son siège. Il tâtonnait, cherchait des indices, scrutait chaque meuble, chaque étagère, chaque dessous de vitrine, il ne savait plus où poser le regard afin d'orienter ses recherches. Il ne voyait rien à se mettre sous la dent ! Quelles pouvaient-être les raisons qui avaient conduit cet homme vers une fin aussi douloureuse ? D'une façon surprenante et inattendue, l'image du visage de sa propre mère s'imposa à lui. Comme la plupart des Mammas italiennes, elle était toujours prête à lui enlever le mauvais œil à la moindre contrariété, ou à demander à sa voisine arménienne d'interpréter le résidu du marc de café turc qu'il venait d'absorber.

C'était sa façon « empirique » de protéger ses enfants et de les soutenir chaque fois qu'elle ressentait chez eux une quelconque inquiétude. Elle n'hésitait pas non plus à les encourager à se faire tirer les cartes ou à faire appel à l'astrologie au travers de leur thème astral.

Elle faisait feu de tout bois…

Elle était persuadée du bienfait de ces pratiques… c'était la Mamma ! Cette femme courage usait de toutes les armes pour affronter une vie sans mari.

Chaque matin, elle veillait soigneusement à la façon dont ils étaient habillés. Elle prenait soin d'eux avec une attention toute précautionneuse jusqu'à ce dernier coup de peigne qui signait le départ pour l'école… Rien ne devait refléter les embarras du foyer. Raphaël n'avait jamais cru à tout ce folklore initiatique par trop ésotérique… Mais il trouvait inutile de contredire sa mère. Décédée prématurément, elle avait laissé un vide immense qui rapprocha, dans un premier temps, les deux frères devenus définitivement orphelins. Le bruit d'une clé que l'on tourne maladroitement dans une serrure lui fit dresser l'oreille… Il se positionna en un demi-tour rapide face à la porte ouvrant sur le petit couloir de l'entrée ne jugeant toutefois pas nécessaire de laisser choir son tabouret à vis. Qui pouvait bien ainsi pénétrer sur sa scène de crime ? Claire Derran venait de pousser légèrement la porte donnant accès au salon. Détectant une présence indicible, elle réprima un petit cri de frayeur. Dans un léger sursaut qui accompagnait un mouvement de recul, elle constata qu'elle se trouvait face au policier !

— Vous m'avez fait peur !

— C'est à moi que vous avez fait peur. Vous n'êtes pas censée être ici, c'est une scène de crime. Les scellés en interdisent l'entrée. Comment allez-vous justifier cette intrusion ?

— Je vous demande pardon, mais je n'ai vu aucun scellé, ce qui m'a étonnée d'ailleurs… Puis, j'ai pensé que vous n'attachiez plus aucun intérêt à ces lieux.

— J'ai en effet détaché une partie des scellés, c'est donc ma faute si vous êtes là ?

Il cherchait à dissimuler le trouble qu'il ressentait devant l'aisance avec laquelle elle s'animait. Le moindre mouvement de tête mettait sa chevelure en valeur autour d'un visage d'une beauté saisissante. Ce face-à-face qui venait de s'installer avait rallumé chez lui une fêlure persistante. Malgré tous les efforts qu'il déployait pour contenir sa fascination, il ne put empêcher Claire d'en avoir pleinement conscience. Mais elle n'était pas en mesure de l'apprécier et ni même d'y répondre.

— Puis-je vous poser une question plutôt personnelle ?

— Je vous en prie… Je veux dire bien entendu… enfin, naturellement !

— Lors des malheureuses circonstances qui ont provoqué notre rencontre, j'ai cru déceler une méfiance, voire une colère dans votre posture. Je sais que ce n'était pas tourné contre moi, alors je me demandais…

Claire eut un réflexe de protection, ses paupières venaient instinctivement de se fermer et elle en avait même accentué la pression, comme si elle voulait empêcher ses yeux de trahir ses états d'âme. Le timbre de sa voix lui aussi s'était altéré et, en rouvrant ses paupières, on pouvait déceler un voile d'humidité dans son regard.

— Je suis désolée, il arrive que mon inconscient commande à mon corps. Vous n'étiez pas visé… Cela touche à l'histoire de ma famille !

— Souvent, les enquêtes criminelles mettent au jour davantage de révélations que la simple inspection clinique d'une scène de crime : multitude de petits mensonges plus ou moins importants, de secrets douloureux, de comportements honteux qui, une fois découverts, peuvent mettre les proches qui s'y trouvent mêlés bien malgré eux dans un grand moment de confusion.

— Aucun secret, Monsieur, je vous assure, aucun comportement dont j'aurais à rougir. Rien de ce que vous pourrez me demander dans le cadre de votre enquête ne me mettra en difficulté, bien au contraire !

— Que dois-je comprendre ?

— Rien de plus, oubliez cela, c'est juste une façon de parler !

— Et pour la colère ?

Claire ferma à nouveau spontanément ses paupières…

— La grand-tante de ma mère et sa grand-mère sont mortes à Auschwitz. Ce sont des policiers français à la demande des nazis qui ont effectué les rafles qui ont conduit une partie de ma famille à la mort. Mon arrière-grand-père, lui, était prisonnier de guerre et mes trois grands-oncles avaient heureusement déjà été accueillis dans les Pyrénées-Atlantiques par des paysans français dont le comportement s'est révélé magnifique. Alors, il arrive parfois que je dise les choses sans prononcer une seule parole…

— Je vous demande pardon, je suis stupide !

— Vous n'êtes pas responsable. Mais il m'est arrivé de croiser certains de vos collègues qui n'auraient aucun scrupule aujourd'hui encore à se conformer à des ordres d'une telle inconvenance, j'emploie à dessein cette formulation courtoise ! Je veux bien croire que beaucoup de ces policiers n'avaient pas conscience qu'ils envoyaient femmes, hommes et enfants dans les chambres à gaz.

Des sanglots difficilement réprimés l'obligeaient à s'interrompre de temps à autre. Tona respectueux garda le silence pendant un long moment, il lui fallait néanmoins la questionner ! Notamment connaître les raisons de sa présence chez son amant. Il s'aperçut qu'il avait les mains moites. La nervosité l'avait gagné, sa bouche était devenue pâteuse, il se trouvait ridicule devant son incapacité à mettre de l'ordre dans ses pensées. Il devait réagir au plus vite… Au lieu de cela, il passait et repassait le bout de sa langue sur ses dents, il ruminait toujours collé à son tourniquet. Tout cela devenait grotesque. Il se ressaisit enfin et se redressa en s'adressant à la jeune femme.

— Quand bien même les scellés ne barraient plus l'entrée proprement dite, ils apparaissaient lisiblement sur l'autre battant de la porte, je doute que vous ayez pu prendre cela pour une invitation ? Et si vous me disiez tout simplement la vérité ?

Il avait mis les mains dans ses poches pour se donner de la contenance. Il garda néanmoins le regard rivé au sol sans mot dire pour lui laisser le temps de la réflexion. Pouvait-il espérer une réponse sincère ?

— Pour être parfaitement honnête, s'agissant de ma présence dans les lieux, je ne sais quoi vous répondre, n'en sachant pas moi-même les raisons. Peut-être voulais-je tout bêtement ressentir une dernière fois la présence d'Arnaud ou son odeur ? Trouver la force de réclamer justice et me battre pour l'obtenir…

Raphaël, pensif :

— Tous les citoyens n'ont pas le droit à la même police, je suis bien placé pour vous en parler, ni même d'ailleurs à la même justice… Et en tant que policier, mais avant tout comme citoyen, il m'arrive souvent d'enrager.

— Pourquoi dites-vous cela ?

— C'est sans importance, excusez-moi ! J'ai une requête à vous faire… Nous pensons qu'il manque une pièce importante du puzzle. Si par le plus grand des hasards vous tombiez sur un indice ou tout autre objet, pourrais-je espérer votre collaboration ?

— Vous supposez toujours qu'il ait pu me confier un document qui éclairerait vos investigations ?

— À vrai dire, je ne sais pas, il aurait pu en effet, à votre insu, dissimuler une clé ou toute autre preuve dans un endroit qu'il savait protégé.

Claire eut un moment de réflexion comme si elle pensait à une possibilité…

— Raphaël Tona, c'est italien n'est-ce pas ? Vous êtes bien d'origine italienne ?

Les joues de Claire venaient de se colorer légèrement…

— Oui, c'est exact.
— Vous venez d'un merveilleux pays, nous y sommes allés à deux reprises…

Elle venait d'installer entre eux une proximité à laquelle il ne s'attendait pas… Il se demandait comment il allait pouvoir y répondre…

— Nous avons évidemment commencé par Rome. Même si certains affirment que Trieste est la plus belle ville d'Italie, moi je préfère Florence et les grandes cités toscanes, plus intimes que la capitale. Elles sont plus riches en histoires particulières que ces métropoles économiques que sont Turin ou Milan. Malgré tout, je dois reconnaître que ces dernières renferment, elles aussi, des trésors inestimables.

Raphaël écoutait sans oser intervenir…

— De quelle région est votre famille ?
— Non loin de Naples.

— Naples dégage une étrange singularité, j'en conviens : mais au nord, la région des lacs et les villes qui les entourent sont d'un ravissement inégalé, même par Venise ou les stations balnéaires de l'Adriatique.

Raphaël écoutait toujours, mais comme plongé dans une autre réalité…

— Qu'en pensez-vous ?
— Naples sera toujours ma préférée, mais je ne suis pas impartial ayant découvert cette cité dans des conditions d'exception !

Claire avait bien saisi la profondeur de cette remarque.

— Vous avez raison, de multiples facteurs changent la perception des choses : la lumière et son intensité, l'éclat du soleil qui sculpte et modifie à chaque instant ce que vous regardez. Découvrir ce pays à côté de la personne que vous aimez et qui vous chérit en retour avec la même intensité, réveille votre imaginaire et vous entraîne au-delà du visible vers un monde fantasmé. Quelle que soit la ville que vous découvrez dans cet état d'épanouissement, vous en gardez l'empreinte au plus profond de vous-même… Ensuite, vous ne savez plus dire, de toutes ces merveilles, quel est le joyau qui vous a le plus envoûté !

Claire venait de revivre sa mélodie du bonheur à jamais disparue… Elle avait ressenti la nécessité d'en confier les moments les plus sensibles et les plus belles émotions. Instinctivement, elle avait choisi ce policier qui, dans sa grande humanité, lui avait témoigné un véritable respect. Raphaël n'avait ni l'envie, ni le courage, de rompre cet enchantement.

— Vous avez subi une perte immense, je m'en rends bien compte…

— Arnaud était mon âme sœur, il a rempli les vides de mon être profond, les attentes de mon esprit, il a forcé mon cœur à battre. Même nos disputes portaient l'envie de réconciliations passionnées. Je frissonnais toujours, malgré les années, quand nos mains se frôlaient. J'ai bien conscience de vous paraître ridicule avec mon discours de midinette. Je ne croyais pas cela possible à quarante ans ! Aujourd'hui, je me retrouve seule et je ne sais pas ce que l'avenir me réserve… J'étais sur le point de vivre chaque minute de ma vie avec cet homme, parce que je savais que les moments de bonheur seraient les plus forts malgré ses nombreux défauts.

Un silence pesant s'installa…

— Vous ne dites rien ?

Surpris par cette interpellation directe, Tona resta interdit. Mais il lui fut impossible de maintenir cette posture silencieuse plus longtemps…

— Donc, en définitive, vous ne savez pas vraiment pourquoi vous êtes là ?

À peine les mots avaient-ils passé la frontière de ses lèvres, qu'il s'en voulut de les avoir prononcés.

— Il me semblait vous l'avoir dit…

— Je vous prie de m'excuser, je suis d'une maladresse confondante… J'ai osé un peu de légèreté et je me suis immédiatement rendu compte, mais trop tard, du ridicule de ma remarque !

— Ne croyez pas cela, je vous en remercie même. Et si je trouve la pièce manquante de votre puzzle, je promets de vous contacter. Merci de m'avoir écoutée. À très bientôt.

— À très bientôt, Madame…

— Au revoir, Raphaël…

Le bruit que fit la porte en se refermant le plongea dans une introspection douloureuse, au point de s'attarder un long moment sur les lieux. Cette conversation l'avait fragilisé. Les confidences intimes de la compagne de Vinckler l'avaient affecté, sans y voir autre chose que le besoin d'une oreille attentive et amicale. Tout cela le renvoyait à sa propre histoire. Il devait se ménager un moment de solitude indispensable pour relâcher toutes les tensions accumulées : tenter de retrouver une paix intérieure… Tout au moins en apparence. S'extirper de cette nébuleuse souffrance qui obscurcissait sa raison. Mais une blessure qu'il croyait cicatrisée venait de se remettre à saigner. Quelques années auparavant, il avait épuisé la patience de la femme qu'il aimait profondément et avec laquelle il espérait vieillir.

Il pensait avoir surmonté depuis la fin brutale de cet attachement. Pouvait-il se faire que ces quelques minutes de tête-à-tête puissent rouvrir une déchirure si intime ? À l'époque, ayant accepté le fait que la douleur était le meilleur remède contre l'oubli, il n'avait engagé aucun travail pour y remédier. Toute cette histoire appartenait à une autre vie… Jusqu'à son réveil ! Comme Claire Derran, il ressentait toujours cette ferveur entre l'âme et l'esprit de cette entente. Certes, son union ne s'était pas terminée de façon aussi funeste. Le coupable, il le connaissait : c'était lui, Raphaël, qui avait tué ce lien d'amour et de confiance qui scellait l'harmonie de leur quotidien. Sa désinvolture, son manque d'empathie et, il devait bien l'admettre, sa stupidité avaient été les causes de la rupture. Il avait laissé ses démons prendre le dessus.

Pour la première fois depuis bien longtemps, il prenait conscience d'un devenir altéré par sa seule inconséquence qui avait blessé et éloigné de nombreuses personnes qu'il aimait et appréciait. René avait été le premier confident de cet énorme gâchis… Il avait assisté à la chute vertigineuse de son ami d'enfance… Immédiatement, il comprit que son pote ne s'en remettrait jamais. C'est à partir de cet instant-là que René avait conçu le projet de regrouper la bande des quatre de la rue d'la Dé. Plus âgé, il avait toujours eu un regard protecteur pour chacun d'entre eux, mais plus particulièrement sur Rafa, le plus jeune des Mousquetaires.

Une très légère pluie avait commencé à mouiller trottoirs et chaussées, que Tona décida d'affronter pour rentrer au 36. Le hasard avait placé la scène de crime également dans le XVIIe, à trente minutes de marche de son bureau. Il espérait que ses adjoints avaient progressé dans leurs missions, afin de confirmer une partie de ses intuitions et permettre une réelle impulsion vers la résolution de l'enquête. Au cours de son déjeuner avec Kamel, il lui avait exposé ses craintes quant au scénario du drame : l'initiative probable qu'un barbouze de l'ombre ait recruté un individu, défavorablement connu des services de police selon la formule consacrée, pour un cambriolage en règle, une sorte de monte-en-l'air comme les baptisaient ceux qui avaient fait la majeure partie de leur carrière dans les mythiques locaux du 36 quai des Orfèvres…

Il comptait sur Kamel pour mettre en alerte ses réseaux, lui conseillant toutefois d'évoquer le moins possible sa proximité avec un flic ! Raphaël s'en voudrait de lui porter préjudice. À la perspective réjouissante de pouvoir rendre ce service à Tona, Kamel le dédouana d'avance de tout désagrément à venir pour lui-même.

Depuis toujours, il se sentait redevable envers cet homme qui avait déployé tant de passion et d'énergie à aider les gamins de son quartier à trouver leur voie pour une vie loin des tracasseries judiciaires… Raphaël avait souvent pensé que Kamel le surestimait. C'était évident au choix de ses références et de ses mots. Malgré tout, Tona espérait être à la hauteur de ses compliments.

Il reçut ce témoignage avec beaucoup d'émotion. Il tenait néanmoins à contenir l'enthousiasme de son jeune ami, en précisant que cette fois-ci la foi et la passion ne suffiraient pas à faire la lumière sur l'imbroglio qu'il devait démêler.

Il savait que l'échec pouvait se profiler au bout de ses investigations, car il manquait de cette délicatesse indispensable pour traiter une affaire aussi sensible que celle-là, mais Kamel n'y serait pour rien… Tona n'était animé d'aucune ambition et c'était plutôt rare dans cette grande maison proche du pouvoir. Il avait éprouvé et constaté que l'orgueil était mauvaise conseillère et surtout cet orgueil de caste brandi comme un rempart à toute velléité policière.

Être protégé par une haute autorité change ce qu'on est au fond. Cette toute-puissance délite le jugement, libère le comportement que plus aucune inhibition ne contrôle.

Son esprit avait dérivé et il venait de s'en rendre compte… Il demanda à Kamel de bien vouloir ne pas tenir compte de tout ce qui venait d'être dit. Au 36, Mélanie, Thomas et Aurélien finissaient de remplir leurs rapports quand Raphaël pénétra dans la salle d'enquête.

— Bonjour, mes amis, pendant que je rentrais de la scène de crime en marchant sous la pluie, je me demandais tout en l'espérant : « M'ont-ils rapporté un peu de grain à moudre ? »

Thomas, fais-moi plaisir, raconte…

— On a bien envisagé de recruter un candidat pour jouer l'agent en service commandé capable d'effectuer un travail particulier. Toutefois, personne n'a été en mesure de nous dire qui.

Tona s'adressant à chacun d'entre eux :

— De quoi s'agit-il à votre avis ? Peu importe si ça vous semble ridicule. Il faut que l'on ait un point de départ. Pour le moment, nous n'avons que des pièces de puzzle éloignées et nous ne pouvons qu'imaginer leur devenir… Essayez de me donner un peu plus de concret !

— Pour moi, intervint Mélanie, il y a deux possibilités : soit on arrive à retrouver celui qui s'est introduit chez notre victime et on lui propose un deal… Il est seul, il sait qu'il est une cible, il est sûrement en panique… !

— Et l'autre option Mélanie ?

— Si la DGSI n'a pas mis la main sur ce qu'elle recherche, elle va de nouveau passer à l'action et il nous faut anticiper comment et quand. Mais on doit aussi envisager que le monte-en-l'air ait trouvé « quelque chose » et qu'il veuille s'en servir pour négocier. Dans tous les cas, notre homme est en danger !

— Merci, Mélanie, bonne analyse, je crois que l'on n'est pas loin d'un rebondissement.

— Revenons au SMS de mon amie Nathalie… « Cabinets de conseils. Appel d'offres. Fonds spéciaux. »

En effet, après son entretien avec René, Raphaël avait passé le reste de la nuit à chercher les liens possibles entre ce texto, son enquête et Vinckler. Rassemblés tout autour de lui, les membres de la brigade examinèrent les trois abréviations que le message contenait. Avant de commencer, il indiqua à ses collègues qu'il avait retrouvé une brève du blogueur intitulé : « Comment vont-ils remplacer l'argent invisible des fonds spéciaux ? » sans y apporter de réponse précise…

— Cet argent échappe à tout contrôle, commença Tona, seul le Premier ministre a la main dessus… Il sert à de multiples tâches : « payer en liquide des fonctionnaires méritants, alimenter les fédérations départementales du parti au pouvoir, financer les campagnes électorales et autres joyeusetés. »

— Et comment s'arrange-t-il avec le compte de campagne ?

— Très simplement Aurélien : il explique au banquier, qui s'étonne devant autant de grosses coupures, qu'il s'agit de la quête organisée pendant les meetings électoraux.

— Et le banquier gobe cette salade ?

— Oui, Thomas, l'argent n'a pas d'odeur. Il est même arrivé qu'un Premier ministre parte carrément avec la caisse…

Mélanie, médusée…

— Incroyable, on est en pleine fiction ma parole ! Que s'est-il passé après la suppression de ces fonds spéciaux ?

— C'est là que les marchés publics ont été soumis à plus forte contribution. Neuf cents appels d'offres lancés chaque jour.
— Oui, mais, je suppose que tout cela est vérifié et revérifié ?
— L'astuce, Mélanie, c'est que le nombre empêche tout contrôle efficace… On retrouve donc de l'argent au mauvais endroit, des mouvements de fonds inexplicables. Plutôt du siphonnage très habilement caché.

Thomas, abasourdi, n'en croyait pas ses oreilles.

— Comment tout cela est encore possible à notre époque avec tous ces journalistes qui farfouillent à la recherche d'un scoop ?
— Il faut des individus qui maîtrisent le système. Le problème, c'est que le nombre de personnes impliquées fait qu'il est impossible le plus souvent de faire le tri. Il arrive de temps à autre que le Parquet National Financier alpague l'un d'eux.

Alors, celui-ci propose de rendre l'argent ou les tableaux qui lui ont été offerts. Il arrive aussi parfois qu'une condamnation tombe… Mais que dire de cette justice ; qui n'a plus les moyens de juger et qui pense avant tout à rester dans les clous du pouvoir ?

Thomas osa une proposition… qui eut l'effet d'un coup de pied dans un jeu de quilles…

— Pourquoi ne pas organiser une fuite en direction de la presse ?

Tona grimaçant de dégoût :
— L'idée d'une fuite ne me plaît pas du tout, même si « l'éthique » en politique est devenue un gros mot, n'allons pas

jusqu'à tomber si bas ! Et une fuite sans preuve serait désastreuse pour le travail que nous devons mener !

— Mais alors, toutes ces assemblées et les autres organismes dont dispose la République pour jouer les contre-pouvoirs, à quoi servent-ils ?

— Ils font leur travail, mais tu dois savoir, Aurélien, que les détenteurs du vrai pouvoir en France, ce sont les hauts fonctionnaires et singulièrement les directeurs des administrations centrales. Ils forment un club bien fermé, avec un nom jusque-là gardé bien secret sous couvert de veiller aux intérêts supérieurs du pays et de décider de ce qui est bon pour nous… À côté, les francs-maçons font figure d'animateurs de « club Mickey ! »

Johnson disait : « Le patriotisme est le dernier refuge des vauriens. »

— Et ce ruissellement d'argent, qui n'a jamais rejoint la poche des pauvres et a fini en réalité sur les comptes en banque des cabinets de conseils, qui s'en inquiète ?

— La presse d'investigation s'est interrogée sur ces dépenses astronomiques, Thomas, deux milliards cinq cents millions ! Du jamais vu sous la cinquième République… Elle a, de plus, pointé que les cadres de ces fameuses structures avaient activement participé aux campagnes électorales du Président.

— Et personne ne révèle rien ?

— Oh, quelques articles en ont parlé, mais les éléments de langage étaient déjà préparés, ces personnes ont agi comme militants et citoyens soucieux d'aider… et à chaque fois, toujours sur leur seul temps libre. Évidemment…

— Tu veux dire qu'ils intégraient gentiment les groupes de travail pour discuter de la couleur des tracts…

— Tout juste, Mélanie… C'est imparable, à moins qu'une preuve se balade et qu'on la trouve…

— Donc personne n'a bougé ?

— Le Sénat s'en est inquiété, Aurélien. Pendant cinq mois, il a auditionné plus de quarante personnes, dont vingt-deux, sous serment et examiné plus de sept mille documents confidentiels.

Il est probable que des perquisitions policières seront menées à un moment ou un autre, sachant toutefois que le problème n'est pas tant de savoir s'il y a eu un financement illicite, ça on peut aisément le supposer, mais comme nous sommes dans un État de droit et qu'il faut s'en féliciter, des preuves sont indispensables pour que la justice s'empare du dossier…

— Est-ce que cette situation perdure ?

— Non, Thomas, l'exécutif n'est pas complètement stupide, il n'y a pas que des clowns qui se déguisent en flics au château… Maintenant, il communique sur la réduction drastique du recours à ces officines !

— Ils ont eu peur ?

— Je ne dirais pas ça, Mélanie, ils sont pour le moins inquiets, il y a sans doute des éléments sur un pacte de corruption qui se promènent ? On peut le supposer… D'où la présence de Fournier, mon ancien collègue des renseignements généraux, chez Vinckler.

Raphaël, s'adressant avec gravité à chacun d'entre eux !

— À partir de maintenant, c'est-à-dire tout de suite, tous vos rapports me seront remis en mains propres. J'ai l'intention de mettre Demarle dans la boucle et lui demander de les conserver en attendant…

— En attendant quoi, Raphaël ?

— Peut-être le pire, Mélanie…

Raphaël se trouvait maintenant dans le bureau de son divisionnaire. Il le mit dans la confidence de ce qu'il croyait savoir avec certitude. Il avait cru comprendre que son chef lui demandait d'aller au terme de cette scabreuse histoire. Il ne savait toujours pas pourquoi, mais peu lui importait à cet instant précis.

Il supposait que la besogne de la DGSI était toute simple : « Éviter une fuite en direction des médias et trouver la preuve si elle existait. » Raphaël était persuadé que la bavure Vinckler allait peser lourd dans les jours à venir ! Il remit à Demarle tous les rapports d'étapes pour qu'il les garde par devers lui, le temps pour Tona de vérifier ses intuitions. C'était une précaution au cas où…

Demarle garda le silence un long moment.

— Tona, si tout ce que vous avancez se révèle être le fond de ce micmac, pensez-vous qu'il soit prudent de continuer ?

— Vous n'allez pas faire machine arrière, Henri ?

— Raphaël, je m'inquiète pour vous et aussi pour toutes les autres personnes impliquées bien malgré elles…

— S'il y a pacte de corruption, il me faut le débusquer… Je suis conscient que je joue ma carrière. Rassurez-vous, Henri, je ne vous en tiendrai jamais pour responsable !

— Ce n'est évidemment pas ce qui me préoccupe et vous l'avez bien compris. Quels qu'en soient les remous, vous aurez mon soutien. Je ferai tout ce qui doit être fait pour vous protéger envers et contre tous.

— Merci, Henri !

— Raphaël, soyez prudent s'il vous plaît.

— Je le serai, Henri, mais il me faut m'aventurer en terrain miné. Le véritable courage, c'est d'avoir peur et d'agir quand même. Parfois, c'est seulement parce que décevoir serait encore pire…

Je trouve qu'il est difficile de définir le courage… mais c'est indispensable pour garder la tête haute face à ses compatriotes et à soi-même…

— Je comprends, Raphaël, je sais que vous êtes en guerre et depuis bien longtemps !

— Voyez-vous, Henri, c'est un peu comme une rivière, elle commence par une simple source puis d'autres petits ruisseaux viennent gonfler ses eaux. Alors plus large, plus profonde et plus rapide, elle trace des vallées, dévale des chutes et devient une force incontrôlable que seul un barrage pourrait contenir. Si nous continuons à laisser faire, nous courons vers un chaos total qui anéantira notre démocratie…

— Vous vous attaquez à des montagnes qui ont montré depuis très longtemps qu'elles étaient inébranlables malgré les secousses… Je ne voudrais pas vous perdre, mon très cher ami.

— J'ai toujours pensé que vous étiez un chic type Henri…

— Mais je dois quand même vous informer Raphaël que la DGSI souhaite vous voir dès aujourd'hui…

— C'est une convocation officielle ?

— Non, pas vraiment… mais elle est très fortement conseillée… elle m'a été formulée avec moult circonvolutions. Je leur ai indiqué que je vous en ferai part dès votre retour au bureau.

Vous voyez que j'ai quelques motifs d'inquiétude !

— Henri, je vous remercie, mais quand le tonnerre gronde, il faut s'attendre à marcher sous l'orage… J'apprends vite et je vais affronter votre ami de la sécurité intérieure.

— Raphaël, ce monsieur Tarrin n'est aucunement un ami. C'est un homme pompeux, imbu de sa personne et très conservateur dans ses relations sociales comme dans ses opinions politiques. Il soutient toujours avec véhémence les mêmes poncifs : les pauvres contre les riches, les faibles contre les forts, les ignorants contre les intellectuels… Sans espoir d'apaisement.

— Ce qui explique sa position dans les hautes sphères, Henri ! J'emporte avec moi ma lance « cervantesque » pour combattre tous les moulins à broyer ces âmes qui essaient de dénoncer l'inconcevable… Annoncez-leur ma visite dans l'après-midi, sans toutefois en préciser l'heure…

Chapitre V

Après avoir passé une partie de la nuit à venir en aide à son camarade pour clarifier, grâce à ses contacts, les indices significatifs du SMS reçu, René ressentit une angoisse indicible à l'égard de Raphaël…

Les informations relayées par Nathalie émanaient de son ancien stagiaire, auquel elle avait transmis sa rigueur légendaire, gage de sérieux et de professionnalisme. Journaliste confirmé, il était devenu le correspondant pour son journal du bureau de presse de l'Assemblée nationale.

Le fait est qu'il s'y ennuyait un peu et Nathalie le savait… Débusquer quelques intrigues de couloir, et autres petits secrets prêts à fuiter, s'annonçait pour lui autrement plus distrayant. La demande de « sa mentore », comme il aimait l'appeler, avait réveillé en lui l'âme du reporter qu'il ambitionnait de devenir… Il utilisa toutes les ficelles du métier, apprises auprès d'elle, pour mener à bien sa mission.

Les noms des parlementaires susceptibles de lâcher une info sans en avoir l'air, et auprès de qui « laisser traîner une oreille » lui permettant à coup sûr de recueillir quelques croustillants commérages, étaient connus de tous.

Candidement, il avait su obtenir quelques révélations de ses interlocuteurs qui se montrèrent même intrigués par certains points de conversations. Ses questions avaient suscité une fébrilité nouvelle qu'il supposait concomitante aux articles de presse qui venaient d'être publiés sur les sommes énormes distribuées par l'exécutif à des structures privées de conseils.

Farfouiller de tous côtés s'était révélé être une activité fort amusante, un peu comme une récréation dans un quotidien répétitif, cantonné qu'il était depuis trop longtemps à relater les débats des élus. Mais, par-dessus tout, il était très heureux d'avoir pu rendre cet important service à Nathalie.

Conscient du caractère impétueux de Raphaël, René craignait qu'il ne surchauffe. La mort préméditée ou pas de Vinckler l'avait révolté et avait profondément modifié sa vision de cette expédition nocturne. Ce sac de nœuds sentait l'ignominie politique, et Raphaël avait le nez délicat ! Il avait besoin d'apprécier et surtout de maîtriser autant que faire se peut, l'ensemble des risques encourus par son ami, pas seulement pour protéger sa carrière au sein de la Police, mais surtout pour sa protection physique. Comme il l'avait confié à sa défunte épouse au cours de sa dernière visite au cimetière, René s'apprêtait à solliciter l'une de ses plus anciennes relations, devenue au fil du temps un ami, et complémentairement un compagnon de loge. Bien sûr, toutes les mesures de discrétion seraient mises en œuvre, comme cela avait toujours été le cas par le passé quand la nécessité d'une rencontre s'imposait dans le cadre de leurs responsabilités respectives. Tous les deux, aguerris à cette prudence vitale, avaient mis au point une procédure infaillible destinée à les préserver de tout désagrément.

Roger terminait une carrière exemplaire à la DGSE[6] et, à quelques mois de sa retraite, il était toujours le référent que l'on consultait pour des analyses de situations critiques et une expertise politico-militaire dans laquelle il excellait. Sa connaissance des conflits paraissait encyclopédique et inépuisable tout à la fois ! Il pouvait en quelques minutes vous énumérer dans le détail les multiples répercussions possibles d'une action projetée.

Son visage et sa voix exprimaient maîtrise de soi, sensibilité et intelligence, qualités indispensables à l'exercice de ses fonctions. Cette résolution et ce sang-froid avaient fait de lui un meneur d'hommes apprécié lors d'opérations extérieures contre le terrorisme. Ses galons en témoignaient.

Surnommée la « Piscine », cette division du contre-espionnage français disposait dans Paris et sa banlieue de nombreuses planques pour les nécessités du service. L'une d'elles se nichait au quatrième étage d'un bel immeuble haussmannien : de nombreux propriétaires, quelques locataires évidemment ainsi que deux cabinets médicaux, l'un dentaire au septième étage et l'autre de médecine générale au rez-de-chaussée. Se comportant comme de simples patients, tous les deux s'éclipsèrent discrètement par la porte donnant sur l'escalier de service situé dans les salles de soins des médecins, pour se retrouver en toute discrétion dans la cache du quatrième étage.

Là, loin de toute oreille indiscrète, ils pouvaient échanger sur les petits secrets et autres intrigues du pouvoir.

— Merci, Roger, d'être venu, désolé de te solliciter une nouvelle fois.

— Ne sois pas ridicule, à quoi serviraient les amis sinon ?

[6] Direction générale de la sécurité extérieure.

— Je suis très inquiet pour Raphaël Tona de la Crime. Demarle, son chef que tu connais bien, lui a collé une affaire des plus tordues. Je voulais ton avis et surtout ton appréciation sur ce que tu sais déjà.

— Nos amis des renseignements généraux se sont mis dans la merde, les choses sont parties en vrille et ils ne savent plus très bien où ils habitent.

— Sais-tu qui a autorisé cette opération ?

— Je ne saurais le dire, René, mais sans aucun doute un commandant d'unité…

— Tu sais d'où est partie la demande ?

— Il semblerait qu'elle émane du Château, l'hypothèse avancée serait qu'elle relève plutôt de la seule initiative d'un chargé de mission.

— Après quoi courent-ils ? Qu'est-ce qui les affole à ce point ?

— Pour le moment, la seule certitude, c'est qu'ils auraient recruté en externe un opérateur pour un léger cambriolage… mais tu connais la suite tragique ! Je ne sais pas ce qu'il cherchait, mais à mon avis, c'est un élément sensiblement épineux…

— Que comptent-ils faire maintenant ?

— Faire porter le chapeau au bonhomme de l'ombre ou, mais j'ai du mal à l'envisager, procéder au « remplacement » de ce fantôme.

— Tu veux dire le mettre hors d'état de nuire ?

— Ils en sont capables, d'une façon ou d'une autre !

— Ils ne vont pas prendre une décision aussi stupide ?

— Malheureusement, René, on n'est pas à l'abri d'un dérapage lié à une initiative solitaire. Une sorte de fuite en avant, et je ne suis pas certain que cette fois-ci le Président nous invite à aller le chercher !

— Vous savez déjà qui est mouillé ?

— Aucun nom pour le moment ne sort du chapeau… Mais il y a des personnalités importantes qui seraient montrées du doigt si l'affaire venait à être exposée au grand jour.

— Le cabinet spécial est à l'œuvre ?

— Je ne t'apprendrai rien en te disant que, même planqués dans un plus large service, nos amis des renseignements généraux sont restés les mêmes. Ils ont conservé les bonnes vieilles habitudes… Savoir qui couche avec qui, qui s'adonne à quoi. Ils continuent à remplir bien consciencieusement leurs petites fiches avec les petites faiblesses de nos prétendants au pouvoir, quels qu'ils soient…

— Pour beaucoup de ces flics aux habitudes bien enracinées, Roger, le plus difficile n'est pas l'adaptation à une nouvelle structure, mais le chambardement que cela induit automatiquement dans les mentalités et les conduites à venir.

— Les bonnes vieilles recettes perdurent, René. Pour le pouvoir, elles sont le gage d'une bonne maîtrise de la puissance publique… Rendre plus docile tel ou tel qui voudrait devenir Vizir à la place du Vizir ou inviter un opposant trop bouillant à baisser sa température…

— Merci, mon ami, et pardon encore pour ce dérangement.

— C'est fort peu de choses René, j'aurais aimé pouvoir faire plus. Il y a partout tant de tragédies et de souffrances contre lesquelles nous ne pouvons rien. Il semble incompréhensible que nous en rajoutions. Après quarante ans de bons et loyaux services, il m'arrive de plus en plus souvent de désespérer des hommes, même des plus avertis.

— Je comprends, il semble incroyable que l'on puisse en être arrivé là ! Ce pays perd son bon sens ! La violence devient plus payante qu'une opposition raisonnée, et le pouvoir compte sur la manipulation pour imposer sa politique. Tout cela va nous éclater à la figure…

— La bassesse existe partout ! Apparemment, nos pensées, aussi laides soient-elles, ont déjà été conçues et mises en œuvre par les puissants de tous bords. Sur ces belles paroles René, je retourne me faire soigner les dents ! Après tout, je suis venu pour ça !

— Toi, comme moi, en notre for intérieur, nous nous évertuons à voir le monde tel que nous le pensons et non pas tel qu'il est aujourd'hui. Je retourne moi aussi demander à mon médecin un traitement de cheval contre un mal de tête qui risque de perdurer…

Sur ce, l'un et l'autre retournèrent vers leur alibi respectif. Rien ne devait être laissé au hasard. Il était important que les autres patients, attendant leur tour dans les différentes salles d'attente, les voient ressortir.

Au même moment, Tona quitta Demarle, passablement agacé par cette convocation non officielle, mais fortement recommandée… Il voulait se reposer un peu et opta pour faire un tour par la brasserie de son copain Armand… Sa réputation d'électron libre et de flic intransigeant s'était largement répandue au-delà des murs du 36, il savait qu'il serait attendu par la hiérarchie et fortement contraint de collaborer. Se posait alors une question : comment esquiver les pièges que Tarrin, le directeur de la DGSI, ne manquerait pas de lui tendre. Il lui fallait faire preuve d'imagination et d'un peu d'audace… Avant tout, contenir sa colère et les emportements qui trop souvent en découlaient, et qui l'avaient à maintes reprises desservi. Ne rien laisser paraître de son agacement, montrer patte blanche, jouer au bon serviteur de l'État qu'on allait naturellement l'inviter à être. Il prendrait son temps, car il avait besoin de bien revoir ses stratégies pour parfaire la représentation du spectacle qu'il envisageait de dérouler. La balade en direction du restaurant de son ami Armand représentait une bonne heure de marche… Il prévoyait de se payer un vrai bon gueuleton, façon de compenser cette déferlante de contrariétés apportées par son enquête et cette invitation sournoise de la DGSI. Cette promenade lui permettrait peut-être de concocter le plus parfait des scénarios et d'en vérifier la cohérence afin de le développer avec le plus de naturel et de maîtrise possible. Nul besoin d'être grand clerc pour entrevoir la teneur de la confrontation qui l'attendait. On allait lui rappeler l'importance de collaborer avec tous les services de police et de partager toutes les avancées de ses recherches. À coup sûr, l'intérêt supérieur du pays serait brandi comme un étendard pour sa sécurité intérieure. Lui parlerait-on de son collègue Fournier ? Et dans l'hypothèse contraire, devrait-il prendre l'initiative de l'évoquer ? Pendant son passage dans la Maison des Commères, comme les agents des RG étaient souvent surnommés, lui aussi avait usé de cette notion impérative de la Nation et servi la même soupe à d'autres flics… Il ne savait que très peu de choses sur le nouveau directeur du service, ayant quitté le renseignement au moment où celui-ci en devenait le patron. Mais, depuis qu'il avait rejoint la Crime, plusieurs portraits lui en avaient été faits. Demarle, lui-même, venait de lui en dresser une image peu flatteuse. Il avait l'intention de s'appuyer sur sa précédente visite dans les locaux, qui elle avait été délibérée, pour s'étonner que personne à ce moment-là n'ait cru devoir le recevoir, ni même montrer un quelconque intérêt à ce qu'il pouvait demander ou proposer. À l'époque, nul ne s'était intéressé à lui. Il disposait donc là de plusieurs possibilités pour noyer le poisson. Il avancerait masquer, comme il l'avait suggéré à Mélanie, afin de découvrir la teneur des mails qu'il n'avait pas pu obtenir et mesurer ainsi la menace réelle sur la sécurité du pays que Vinckler pouvait bien représenter. Tona avait suffisamment d'arguments pour se dégager sans agressivité de cet entretien, tout en donnant l'impression de respecter la légendaire solidarité entre les différentes polices.

Tona ne connaissait le directeur de cette officine de barbouzes qu'au travers de quelques apparitions médiatiques. C'était un homme au teint pâle, au regard bleu dénué d'expression, sans doute à cause de ses fonctions. Curieusement, une certaine élégance naturelle émanait de cet individu aux traits approximativement dessinés. Tout compte fait, Raphaël n'était pas mécontent de cette prochaine entrevue, elle commençait même à l'amuser, cela lui permettrait dans tous les cas de se faire une opinion personnelle du bonhomme.

Prévenu par Raphaël, Armand se réjouit de la venue de son camarade. Il le savait bouleversé par son enquête. Il avait senti au cours de leur bref échange téléphonique son besoin de se réfugier dans un endroit calme et chaleureux pour retrouver ses esprits et reprendre des forces… Jamais encore Tona n'avait parlé de son travail d'enquêteur à une personne étrangère à son cercle, à l'exception de ses amis d'enfance en qui il avait une absolue confiance. Armand, pour sa part, n'avait jamais questionné son ami sur ses affaires en cours. Aujourd'hui pourtant, il désirait lui proposer d'être une oreille attentive sans rien faire d'autre que de lui montrer sa profonde affection en l'écoutant.

Les liens de respect et d'amitié, qui s'étaient construits entre eux au cours des années passées, permettraient cette avance vers une complicité plus effective. Mais Armand n'avait pas l'intention de la solliciter, laissant à Raphaël le soin de la lui proposer s'il en ressentait le besoin. Le petit espace réservé dans lequel Tona avait l'habitude de se réfugier était déjà dressé et parfaitement agencé. La seule chose que son ami lui avait clairement exprimée, c'est qu'il avait besoin de faire un des meilleurs repas de ces dernières années.

Armand attendait de l'avoir face à lui pour lui proposer tous les mets qu'il était en mesure de lui préparer et tant d'autres dont il avait envie de lui parler. Il y voyait également le plaisir qu'il allait prendre à voyager dans son enfance. Il savait son ami amateur de bonne chère et cela l'avait toujours réjoui…

La cuisine est un opéra lyrique, une forme très élaborée des saveurs et de leur combinaison. C'est avant tout une affaire d'harmonie, lui disait sa grand-mère, qui lui avait transmis l'amour du pays du gras, le Gers. Elle lui avait méticuleusement inoculé, goutte après goutte, la richesse de son terroir pendant toutes ses vacances scolaires, quand elle l'accueillait dans une joie à chaque fois renouvelée et indescriptible…

Armand donna une chaleureuse accolade à son ami qui venait de passer le seuil du restaurant. Il l'entraîna sans délai dans la petite salle à manger qui n'attendait que lui.

— Raphaël, comment vas-tu ?

— Comme quelqu'un qui a une faim de loup…

— Tu sais que ma mère était originaire du Gers et que c'est ma grand-mère, héritière de la ferme familiale, qui est à l'origine de ma passion ; c'est elle qui a fait croître en moi ce bouillonnement pour l'art culinaire. Je passais à la ferme la quasi-totalité de mes vacances scolaires et j'y ai vécu une enfance merveilleuse et gourmande. Alors, passer en revue avec toi les chefs-d'œuvre qui composent la partition gustative de cette Toscane française parlera aussi à tes origines italiennes. C'est se donner l'eau à la bouche avant même que les trois composantes symphoniques ne se mettent à jouer !

— Alors, fais-moi voyager avec ta propre musique dans ce pays du Gras… Détaille-moi toutes ces spécialités de viandes, de volailles, de poissons, et leur fumet inimitable comme tu l'affirmes si souvent.

— Pour toi, aujourd'hui, ce sera l'agneau fermier du Gers, tendre et savoureux, accompagné de l'ail violet de Cadours, en chemise, entouré de légumes dont je te laisse la surprise.

— Parfait pour le plat de résistance ; mais, parle-moi des mises en bouche : tu sais que je les apprécie particulièrement !

— Une ronde tourbillonnante ; foie gras, aiguillettes, petites cailles en gelée, petits magrets, manchons, variétés de confits et autres petites fantaisies, elles aussi à découvrir…

— Mettons-nous vite à table et continue de m'enchanter avec l'affectueux héritage des petits secrets de cet Opéra dont ta grand-mère t'a transmis la baguette pour le diriger mieux encore qu'elle ne le faisait.

Raphaël ne bouda pas son plaisir et prit son temps pour déjeuner, il en prolongea même la joie en compagnie d'Armand qui ne l'avait pas quitté durant tout le repas. C'est donc en milieu d'après-midi qu'il se présenta au siège de la sécurité intérieure. Tarrin devait l'attendre avec impatience, Tona savait déjà que leur rencontre serait placée sous le signe de la confrontation.

Il allait pourtant prolonger un peu plus l'agacement de Tarrin. Au cours de ses déambulations, Raphaël aimait flâner, se mêler à la foule qu'il savait étrangère à la noirceur alentour et capter ici et là les quelques échanges de couples complices qu'il croisait, tellement éloignés de son quotidien. Il venait de pénétrer dans le hall du renseignement intérieur et après les vérifications d'usage,

Raphaël s'engagea dans le couloir conduisant à la ruche, espace dédié aux opérations en cours, endroit qui contrairement à l'habitude était totalement désert.

Tarrin, informé de son arrivée, eut la délicatesse de venir à sa rencontre. En lui tendant très amicalement la main, il l'accueillit avec un :

— Bonjour, mon cher collègue, merci d'avoir répondu à mon invitation…

— C'est tout naturel, nous appartenons tous à la Grande Maison ! Veuillez excuser ma demande quelque peu incongrue, mais où sont passées toutes vos abeilles ?

— Ils m'ont tous fait le coup des RTT[7] ce soir, c'est Paris Saint-Germain contre Marseille. Les extraterrestres pourraient débarquer qu'ils passeraient totalement inaperçus de la plupart de mes fins limiers…

Tona pointa son regard dans les yeux de son interlocuteur qui, manifestement, était un expert pour interpréter les signes psychologiques des personnes qui lui faisaient face. Il trouva sa voix étonnamment profonde et perçut un accent imperceptible qu'il ne pouvait situer.

Sans doute ses parents devaient-ils être originaires d'un pays de l'Est. Il semblait incapable de dire lequel et il n'envisageait pas de lui poser la question. À l'évidence, chacun avait décidé de laisser à l'autre le soin de faire son tour de chauffe. Les mobiles de cette rencontre se bousculaient, mais les propos restaient sans conséquence quoiqu'un peu fielleux.

---

[7] Réduction du temps de travail.

Tarrin entra le premier dans le vif du sujet et, comme Tona l'avait prévu, il usa de tous ses poncifs habituels, mais Tona s'y était préparé. Tarrin continua à prendre des gants, pourtant cette cordialité sournoise apparut menaçante et commença à inquiéter Tona. Il y aurait sans aucun doute un prix à payer.

— Monsieur Tarrin, je comprends votre volonté d'aider les gens et de les convaincre à être ce qu'ils ne sont pas… Vous aimeriez que tous vous ressemblent et moi je dis heureusement qu'il en est tout autrement…

— Comprenez-moi, monsieur Tona, et je suis certain que vous le pouvez, ma mission est de la plus haute importance et je dois référer en haut lieu !

Il avait prononcé le mot mission avec un ton clairement condescendant, comme pour bien marquer le fossé qui les séparaient. Son devoir d'en référer à son supérieur, sous prétexte qu'il dépendait du préfet, venait de mettre Tona en ébullition.

Mais dans cette mise en garde, Raphaël avait perçu une attaque qu'il avait du mal à décoder.

Ce serviteur de l'État gardait-il au fond de lui quelque hideux secret, une facette infiniment plus sombre que cet aspect si avenant qu'il montrait en apparence ? Il n'en avait aucune idée, son habituel discernement semblait l'avoir abandonné.

— Que puis-je faire d'autre pour vous, monsieur Tarrin ? Nous avons passé en revue l'ensemble des éléments recueillis par mon équipe et moi-même. Vous savez absolument tout !

— J'ai pourtant l'impression que vous me taisez plusieurs choses qui pourraient intéresser mes services et la justice. De plus, je me suis laissé dire que vous pourriez vous appuyer sur la presse.

— Il est hors de question pour moi de bâcler cette enquête, encore moins de fournir une piste bidon à la presse. Je suis assez autonome et indépendant, c'est vrai… Que ce soit par rapport à l'autorité judiciaire ou toute autre autorité d'ailleurs.

— Vous êtes fidèle au portrait que l'on m'a fait de vous. J'ai reçu les conclusions de l'inspection générale de la Police nationale vous concernant… Vous savez, je ne juge jamais personne.

Raphaël exécrait le ton péremptoire que son interlocuteur venait d'employer à son encontre. Tout cela, associé à la duplicité qui semblait le caractériser, devenait insupportable. Il mentait. Sa tendance naturelle l'incitait à juger les gens le plus souvent sans indulgence.

— Des malentendus sans doute, monsieur Tarrin, mais jamais de mensonges délibérés.

Tona n'avait jamais critiqué la décision d'ouvrir une enquête interne sur lui et ses méthodes. La conclusion l'avait blanchi. Demarle avait mouillé sa chemise pour le soutenir et limiter la casse. Certes, ses croyances et ses émotions pouvaient parfois prendre le pas sur sa raison, mais jamais il n'avait perdu de vue l'essentiel… La vérité !

— Monsieur Tona, je veux bien croire à votre sincérité et je vous remercie d'avoir pris le temps de venir ici l'exprimer.

— Comme vous le savez, Monsieur le Directeur, Jacques Fournier est un collègue. Est-il toujours en charge de vous rendre des comptes ? Dites-lui qu'il peut à tout moment venir s'informer. Voyez-vous, j'ai pitié de quelqu'un qui est stupide par nature, mais je n'admets pas que l'on puisse se montrer dénué d'intelligence à dessein, déclara-t-il avec froideur, ajoutant : Je ne vais pas abuser plus longtemps de votre temps et risquer d'entraver les grandes responsabilités que sont les vôtres. Au revoir, monsieur Tarrin.

La poignée de main qui scella cette entrevue fut des plus glaciales. Raphaël avait réussi à contenir la rage qui était montée en lui tout au long de cette joute verbale. Il avait demandé à son équipe de l'attendre au bureau pour un débriefing de sa rencontre avec la sécurité intérieure. Son entrée dans la salle d'enquête fut tonitruante… Il évacua sa pression en hurlant presque.

— Mélanie, le ciel m'en est témoin, je ne cherche pas une nouvelle guerre des polices, mais je pense qu'il y a certaines pratiques qui sont devenues insupportables… En particulier, cette gangrène qui ronge peu à peu, qui naît de la tromperie et qui finit par faire basculer tout l'équilibre de notre système judiciaire et policier. Ce Tarrin est d'une arrogance méprisable, pour lui nous ne sommes bons qu'à balayer le parquet après qu'il y a dansé !

— C'est votre tête-à-tête avec Tarrin qui vous a mis dans un tel état, chef ?

— Oui, Thomas, et ce mec est particulièrement dangereux ! Nous devons absolument et au plus vite mettre la main sur le visiteur de chez Vinckler…

— D'accord, mais par où commencer ?

— Nous allons tous retourner voir nos indics et secouer les branches.

— Bien dit Mélanie, il nous faut aussi débusquer l'agent qui l'a recruté…

— Sans doute un nouveau dans la boîte !

— Tu as raison, Aurélien, c'est de ce côté-là qu'il faut chercher… J'oublie toujours ton Q.I.[8]

Aurélien était doté d'une intelligence supérieure à la moyenne et se montrait toujours agacé qu'on lui en fasse la remarque, en particulier de la part de ses supérieurs. Tona se remit à réfléchir,

[8] Quotient intellectuel.

la remarque de son collègue était frappée de bon sens et il se demandait pourquoi il n'y avait pas pensé lui-même plus tôt. Fournier pouvait cocher toutes les cases, sauf que cela ne collait pas avec sa présence sur la scène du crime. Connaissant les pratiques de ses anciens amis pour les avoir éprouvées, il imaginait plutôt l'intervention d'un nouveau venu comme l'avait si justement fait remarquer Aurélien. Mélanie, Thomas et Aurélien attendaient religieusement que Tona arrive au terme de sa réflexion en espérant que la lumière jaillisse de son esprit et vienne éclairer de nouvelles pistes à suivre.

— Une chose est sûre, commença-t-il par dire…

— Ah oui, et laquelle ? intervint Mélanie.

— Celui qui est entré chez Vinckler se trouve maintenant dans le brouillard depuis ce geste malheureux. Le bonhomme est mort… Pour lui, ça veut dire la taule à long terme, pour cambriolage ayant entraîné un homicide. Et, s'il a le malheur de mentionner qu'il s'agissait d'une mission souterraine proposée par un agent de la sécurité intérieure, le tribunal risque d'être plus sévère encore. Il est donc coincé.

— Jusque-là, tout le monde suit, chef…

— Vivre dans cette angoisse permanente peut lui faire perdre les pédales au point de ne plus savoir à qui se fier. Penser que tout ira bien s'il continue à obéir aux ordres de son correspondant et lui faire avaler n'importe quelle promesse. Dans sa position, il ne sait plus où est la vérité. Qu'en dis-tu, Mélanie ?

— L'analyse est bonne, Monsieur, mais cela suppose qu'on le trouve avant les autres ! Chaque matin, il doit se réveiller avec la peur au ventre et le soir s'endormir avec la crainte du lendemain.

— Ce sera notre angle d'attaque, faites savoir à tous vos cousins qu'on est les seuls à pouvoir lui assurer une sortie par le haut… Quand tous vous lâchent, la vue se brouille : on ne distingue plus les vrais ennemis des faux amis… Appuyez-vous là-dessus…

— Il pourrait être tenté de passer un accord directement avec la justice… fit remarquer Thomas.

— Non, je n'y crois pas, et je vous parle d'expérience ! Si vous avez déjà eu à faire avec la justice, vous connaissez l'état d'approximation des jugements rendus. Jamais il ne prendra le risque de jouer sa survie à la roulette russe. Seule une personne qui n'a jamais eu à faire à la justice peut se présenter l'âme en paix devant un tribunal.

— Allez ! Tous sur le terrain, et désolé pour votre week-end !

Chapitre VI

Raphaël lui aussi allait sacrifier une partie de son week-end. Il connaissait mieux que personne la sociologie des cités d'Île-de-France. Son travail au sein même de l'une d'entre elles, « classée point sensible », avait été remarqué en son temps. Ce qui lui avait valu d'être sollicité pour prendre la direction culturelle d'une mission d'urbanisme qui venait d'être créée. La période, qui fut baptisée « De Gaulle bâtisseur » en référence aux constructions tous azimuts de logements sociaux dans les années cinquante-soixante, avait vu sortir de terre une quantité impressionnante de projets répondant aux impératifs d'urgence en matière d'habitat.

Le pays, devenu un vaste chantier, voyait un peu partout pousser comme des champignons des barres et des tours plus longues et plus hautes à chaque coup de pelleteuse. Grigny, les Minguettes et Vénissieux dans la métropole de Lyon, la Rose des vents à Aulnay-sous-Bois, le Clos Saint-Lazarre à Stains ou encore la barre du Haut-du-Lièvre à Nancy, longue de 402 mètres, matérialisaient les nouveaux paysages architecturaux de nos banlieues.

Rapidement, une pluie de reproches se fit entendre. Le manque de mixité sociale des occupants de ces logements poussés à la hâte s'accompagna d'une dégradation des comportements et des relations humaines. Quelques décennies plus tard, ces concentrations ont montré leurs limites générant émeutes et problèmes en cascades. François Mitterrand, conscient de la nécessité d'agir, engagea une ambitieuse politique de rénovation des banlieues. Il en confia la réalisation à un brillant architecte quelque peu iconoclaste… Celui-ci, en raison des évènements de mai 68 auxquels il avait activement participé, avait été interdit de séjour aux États-Unis. Malgré tout, sa vision des choses avait séduit le Président.

Sa volonté de faire coïncider son action avec le symbole du bicentenaire de la Révolution française avait résonné positivement aux oreilles élyséennes. La politique de la ville venait de naître avec la mission d'urbanisme : « Banlieue 89 ».

Les Francs-Moisins à Saint-Denis, construits sur l'emplacement de l'un des plus grands bidonvilles de France en 1974, portaient déjà la marque du mal-logement ouvrier… Le ver était dans le fruit ! La mise à bas de ces « cages à lapins » commença par l'implosion symbolique de la barre Debussy des 4000 en 1986. Kamel avait de la famille dans chacun de ces endroits, ce qui avait par le passé facilité le travail de Raphaël pour gagner la confiance des jeunes de ces quartiers. Beaucoup participaient volontiers aux actions de valorisations que Raphaël mettait en place dans le cadre de ses fonctions dans sa ville ainsi que dans de nombreuses autres cités.

Il espérait que Kamel et son cousin Djamel redeviendraient comme autrefois les intermédiaires qui lui permettraient de soutirer quelques indices susceptibles de le mettre sur la piste du gamin recruté par la sécurité intérieure. Il savait où trouver son ami. Il se rendit très tôt chez Kim pour ne pas risquer de le rater.

Comme Raphaël, Kamel venait régulièrement prendre son café, s'amuser avec quelques complices présents et tourmenter certains mauvais coucheurs. Assis à sa table habituelle, Raphaël réfléchissait à la manière dont il allait présenter la chose à son ami, même s'il avait la certitude que Kamel serait toujours disponible pour lui rendre service.

Kamel avait à peine passé le seuil du bar-tabac qu'il alla immédiatement s'asseoir face à lui…

— Toi, tu as besoin de moi !

— Oui… Mais avec ton cousin si c'est possible ! J'aimerais que nous puissions refaire un tour à Saint-Denis.

— Pas de problème, je bois mon café, je mange mon croissant et on y va. Tu m'expliqueras dans la voiture…

Tona avait choisi, il y a bien longtemps, de s'investir à fond dans cette croisade du mieux vivre pour les centaines de familles logées dans ce qui ne devait être que des logements de transits. Le terme de vocation était plus adapté à cette mission sociale, difficile certes, mais si enrichissante sur le plan humain…

Ils avaient passé plusieurs heures entre les bâtiments… Tona avait retrouvé ses marques et recroisé quelques anciens tout en faisant connaissance d'une nouvelle jeunesse autrement plus remuante que celle dont il s'était occupé. Cette jeune génération était bien différente, affichant des pratiques plus dures et plus violentes que la génération qu'ils avaient côtoyée autrefois. En définitive, Djamel les conduisit auprès de celui qui était en mesure de relayer sans risque les demandes d'un flic.

Sans Djamel, agissant comme garant, rien n'aurait été possible… Les actions « sociales » de ces nouveaux barons s'exerçaient un peu comme à l'époque dans les caves, mais celles-ci étaient devenues de véritables petits salons, « façon show-room ». On pouvait y trouver un peu de tout. Ils furent accueillis par un thé à la menthe, mais d'autres boissons plus fortes pouvaient y être proposées. Malek se leva pour saluer ces trois visiteurs. Il était l'un de ceux qui, dans la cité, faisaient autorité tout en ayant le respect des petits frères. Au soir de ce samedi, rien n'avait été déterminant. Mais Tona reçut la promesse que le message serait bien relayé. Malek s'y était engagé en échange, Tona lui avait donné sa parole de respecter les engagements pris quant au monte-en-l'air.

Raphaël misait tout sur les visites des plus importantes concentrations de la région parisienne pour espérer voir sortir le lièvre de son gîte. En deux décennies, ces territoires s'étaient considérablement dégradés. Le déclassement social y était perceptible, et les gamins turbulents qu'avait côtoyés Tona à son époque n'avaient plus rien de sympathique. On ressentait une violence latente qui anéantissait toute atmosphère de sérénité. Le cadre de vie avait subi une réelle détérioration, pour ne pas le dire autrement… Certes, la vente de cannabis n'entraînait peut-être pas de régalements de compte aussi violents que dans d'autres régions, mais les intimidations et menaces faites aux familles ou aux proches existaient néanmoins.

Le brunch du lendemain avec ses amis s'annonçait des plus animés. Tona était raisonnablement confiant, persuadé que toutes ces lignes mises à l'eau lui permettraient de remonter quelques prises. Laura, ce dimanche encore, avait composé une table des plus appétissantes. Tous étaient déjà attablés, montrant une certaine impatience… Ils attendaient Raphaël !

Son arrivée fut accompagnée de « bonjour » et autres formules de bienvenue. Nathalie fut la première à se servir, entraînant les autres dans un même mouvement. À peine avaient-ils fini de garnir leur assiette, que Raphaël rompit le silence.

— Je ne sais pas si les petits-enfants de tes petits-enfants, René, connaîtront le grand remplacement, mais je peux te dire que beaucoup dans nos cités ont déjà organisé leur prise de pouvoir.

Benjamin stupéfait :

— Pas toi Rafa, tu ne vas pas prêter foi à cette pure tactique électorale éructée par un individu drogué à la toute-puissance et à qui il faut à chaque fois des doses plus importantes pour qu'il se sente exister…

— Évidemment que non, Ben, je constate simplement l'affaiblissement de ce qui devrait faire République et nous rassembler… Je maudis ce personnel politique que le pouvoir corrompt et qui finit par oublier qu'il doit travailler au mieux-être du plus grand nombre… Quant au dernier venu qui nous avait promis un monde nouveau, il a fait la démonstration que l'on pouvait mépriser, insulter et ignorer la majeure partie d'un peuple et se faire réélire malgré tout. Il a prospéré sur la parfaite maîtrise de la bêtise humaine dans laquelle il m'est arrivé moi aussi, par le passé, de me perdre…

— Soit rassuré, il a bien travaillé, mais pour les bailleurs de fonds qui ont permis son élection ! On ne sera pas long à entendre parler de quelques curieuses affaires…

— C'est une analyse à l'emporte-pièce Nathalie et, même si elle était démontrée, elle resterait très orientée. Vous êtes toujours dans l'excès…

— Ne crois pas ça René, cet exécutif c'est de l'amateurisme à tous les étages… Ce Président n'est pas le choix des Français. Pendant cinq ans, il a tout mis en œuvre pour se retrouver seul face à la droite la plus dure, sans se soucier des conséquences futures. Les premiers dégâts de cette intentionnelle politique du pire ont surgi aux législatives avec l'arrivée de quatre-vingt-neuf députés appartenant au « Rassemblement National ». Tu verras qu'il finira par nous dire que si les extrêmes arrivent au pouvoir ce ne sera pas sa faute, mais celle des Français qui auront mal voté…

— Il n'y avait pas d'autre alternative au deuxième tour…

— C'est possible. Le coup de grâce va nous être donné tout au long de son second mandat. La colère qu'il attise chez ceux qui acceptent encore d'aller voter nous emportera tous, René ! De nombreux policiers considèrent que ce pays doit être repris en main. Les meilleurs démissionnent en masse offrant une place considérable et dangereuse à ceux qui restent.

— Vous critiquez, mais vous oubliez un peu vite le « quoi qu'il en coûte » !

Benjamin furieux :

— Ce « quoi qu'il en coûte » se serait imposé à n'importe qui. Il n'est pas le fait d'une empathie présidentielle ou de sa capacité à gouverner ! Le plus mauvais des élèves de terminale du plus mauvais lycée de France aurait mis en œuvre la même mesure ! Crois-tu vraiment, René, que l'on pourrait empêcher des parents de nourrir leurs enfants sans que des émeutes et des pillages se répandent dans tout le pays ?

— Quelle solution proposez-vous ?

— Il est trop tard René, ce passage par le chaos est devenu inévitable…

Laura venait d'apparaître, interrompant la discussion…

— Excusez-moi, monsieur Tona, une jeune femme vient de me donner ça pour vous.
— Encore une fois, Laura, appelez-moi Raphaël. Qui était-ce, la connaissez-vous ?
— Non, jamais vu, elle a filé immédiatement !

Raphaël ouvrit le pli et prit connaissance du contenu de l'enveloppe. Il leva les yeux, mais resta silencieux, comme anesthésié…

— De quoi s'agit-il, cela concerne ton affaire ?
— Oui, René. C'est le fruit du travail d'hier… Écoutez…

Raphaël recommença la lecture, mais à haute voix cette fois. « Monsieur le Commissaire, votre message a été reçu et nous espérons que vos promesses seront tenues…

Comprenez qu'il nous faille prendre toutes les précautions pour en vérifier la sincérité. Soyez demain soir à Bruxelles et surtout venez seul et sans arme. Prenez un train en fin d'après-midi. À votre arrivée à la gare du Midi, vous aurez le temps de passer par la Grand Place et vous trouver à 20 heures devant le Manneken Pis où des informations vous seront remises. Ne parlez de cette escapade à personne autour de vous. Dînez comme un simple touriste et ensuite dirigez-vous vers le canal. Le mot qui vous aura été remis vous permettra de rejoindre un point où d'autres consignes vous attendront à partir de 23 h. Ne soyez pas inquiet pour votre retour sur Paris, il est déjà prévu…

Empruntez le plus possible les petites rues ainsi que les galeries marchandes comme le passage Saint-Nicolas, ce qui vous fournira dans bien des cas une sortie différente de l'entrée. Cela nous permettra de vérifier que personne ne vous accompagne, même à distance… Profitez tranquillement d'un verre dans ce bar où le lieu définitif de votre rencontre avec la sœur de la personne que vous recherchez vous sera délivré ou pas ! »

Tous se regardèrent comprenant qu'un pas supplémentaire dans cet imbroglio politico-judiciaire venait d'être franchi… René intervint le premier…

— Tu n'as pas réellement l'intention de te soumettre aux conditions de cette invitation ? Qui ressemble d'ailleurs plus à une convocation… Émanant d'un assassin de surcroît !

— Dans tous les cas, tu ne peux t'y rendre seul ! intervint Nathalie.

— Toi, Benjamin, qu'en penses-tu ? questionna René.

— Moi, j'ai confiance en Rafa, il a du nez ! Ce type est instrumentalisé par les services, il se retrouve dans une galère. S'il propose une rencontre, c'est qu'il a des choses à négocier et peut-être même la pièce du puzzle qui expliquera tout !

René haussant le ton !

— Mais vous êtes tous devenus fous ! Et si c'était un piège ?

— Non, je ne le pense pas, c'est exactement le résultat que j'espérais de nos démarches d'hier.

Et c'est moi qui, d'une certaine façon, ai proposé cette rencontre. Ne pas m'y rendre serait comme se dégonfler.

Seulement, je n'avais pas imaginé que cela pouvait avoir lieu en Belgique.

— Bravo, Rafa, je te reconnais bien là, et c'est pour cela que je t'aime tant, malgré toutes les galères que tu nous as fait traverser depuis que l'on traîne ensemble.

— C'est ça, encouragez-le en plus !

— Non, René, ce n'est pas un encouragement, mais uniquement une reconnaissance de ses capacités, finit par clarifier Nathalie.

Tona avait passé une nuit en dent de scie. Il hésitait toujours sur la marche à suivre, devait-il y aller seul et sans arme comme expressément indiqué.

Sa difficulté à trancher sa conduite rendit son réveil très confus. Malgré sa certitude que cela ne pouvait pas être une ruse, il concevait toutefois que de se rendre seul au rendez-vous pouvait constituer un risque. De plus, être accompagné montrerait qu'il n'avait pas l'intention de se laisser dicter toutes les conditions de la négociation, donc de se laisser manipuler.

Les débats au cours du brunch résonnaient encore à ses oreilles quand il arriva au 36 où son équipe revoyait toutes les notes sur les visites des différentes zones quadrillées l'avant-veille. Ils étaient dans l'attente de savoir si Tona souhaitait que leurs rapports soient consignés officiellement.

Après le traditionnel tour de table du lundi matin où les mulets avaient détaillé la journée du samedi, il ressortait que le message avait été plutôt bien reçu. Il ne restait plus qu'à attendre maintenant… lui, Tona, avait déjà reçu le retour de ce travail.

— Aujourd'hui, paperasse pour tout le monde, mettez de l'ordre dans la procédure, rédigez vos rapports et terminez les scellés de tous les éléments trouvés chez Vinckler.

— On prend les devants au cas où ? interrogea Mélanie.

— Après ma rencontre avec Tarrin, nous avons intérêt à être dans les clous, il est préférable de nous préparer. En comparaison de ce mec, Machiavel, c'est l'Abbé Pierre. Quand vous aurez fini, prenez votre après-midi. Mélanie, avant de partir, aurais-tu la gentillesse de passer par mon bureau ?

— Bien sûr chef…

La lettre reçue pendant le brunch dominical était très claire, venir seul et sans armes ! La discussion autour de cette condition impérative avait été particulièrement âpre.

Mélanie venait de pousser la porte du bureau et Raphaël l'invita à s'asseoir, sans pour autant relever la tête du document qu'il finissait de relire…

En dehors de ses amis d'enfance, Rafa n'avait parlé à personne de cette invitation pour une virée dans le plat pays. Il avait enfin décidé de suivre les conseils insistants de ses amis, il n'irait pas seul… Quelque peu surprise par la posture de son chef de groupe, une pointe d'inquiétude vint brouiller le visage de Mélanie.

— Il y a un problème, Monsieur ?

— Non, Mélanie, absolument aucun, soyez rassurée, juste une simple demande… Êtes-vous libre ce soir ?

— C'est un rencard, chef ?

Amusé par cette réplique, il répondit par un sourire…

— Pas du tout, Mélanie, c'est pour le boulot…

— Je me disais aussi… je suis libre comme le vent !

— Alors je passe te prendre à seize heures.

— OK, chef, donc pas de robe de soirée ?

— Profite de ces quelques heures de repos… Disparais !

— À tout à l'heure, j'ai hâte…

Dans un taxi, Raphaël attendait Mélanie en bas de son immeuble. Elle apparut enfin et se dépêcha de le rejoindre. À peine avait-elle refermé la portière de la voiture que le chauffeur démarra.

— Où va-t-on, Monsieur ?

— Mélanie, si un jour je dois faire l'objet d'une autopsie, promets-moi de faire en sorte que ce soit Camille qui s'occupe de moi. Elle m'a bluffé et je l'aime bien. Je compte sur toi !

— Alors, appelez-la immédiatement, car si vous ne me dites pas où vous m'emmenez, c'est moi qui vais vous tuer !

Il nota l'amusement dans le regard complice de sa jeune collègue tout en la priant de ne plus le vouvoyer !

— C'est pour un dîner, nous allons passer la soirée à Bruxelles…

— C'est donc bien un rendez-vous galant alors ! Et moi qui me suis mise en jean…

Mélanie sourit… Elle avait conscience que ce voyage allait vraisemblablement les conduire sur le chemin d'une vraie piste. En la regardant s'installer auprès de lui dans ce train qui allait les mener en terre inconnue, il envisageait avec sérénité un passage de flambeau.

Mais il était surtout très inquiet par le non-respect de l'impérieuse consigne de ne pas être accompagné. Il craignait de mettre sa protégée en mauvaise posture… Raphaël lui révéla alors toutes les exigences contenues dans le courrier reçu la veille sans rien omettre.

— Et tu es vraiment venu sans arme ?
— Non, j'ai demandé à Demarle une couverture Interpol.
— Tu lui as dit pourquoi ?
— Je n'en ai pas eu le temps, il a dit oui avant même que je tente une explication convaincante…
— C'est curieux de sa part, crois-tu qu'il se doute de quelque chose ?
— Je ne vois pas comment il pourrait.
— Peut-être en sait-il plus qu'il n'en dit ? Il n'est pas stupide, même s'il a une entière confiance en toi, je suis certaine qu'il sait des choses…

Raphaël resta un instant silencieux. Il réfléchissait à son avenir dans la Police, ses fatigues tant morales que physiques qui le marquaient plus fortement d'année en année. L'heure de la retraite pouvait encore attendre. L'ancien, comme on commençait amicalement à l'apostropher, débordait toujours de vitalité et il devait finir de transmettre toutes les petites ficelles du métier à Mélanie même si elle n'était pas pressée de prendre sa place.

Inconsciemment, Tona n'avait pas envie d'assumer une descendance policière. Toute cette laideur et cette explosion d'une société devenue folle l'empêchaient de croire à un avenir heureux !

— Mélanie, ta formation et tes compétences t'ouvrent une voie royale pour une belle carrière. Fais attention à toi, cette grande maison n'est pas aussi bienveillante qu'on voudrait bien nous le faire croire…

— Je le sais Tona, c'est même la raison pour laquelle j'ai voulu expressément travailler avec vous. Je savais que je ne recevrais pas la formation la plus académique qui soit et c'était précisément le motif de ce choix. Grâce à vous, je serai suffisamment armée pour éviter de tomber dans les chausse-trappes. De plus, vous ne me ferez pas quitter un navire dirigé par un capitaine aussi antipathique que vous !

— Tu es encore toute jeune et tu parles déjà comme un vieux briscard. Ce monde qui se dessine en face de nous, c'est à ta génération de le façonner. Il te faudra être plus qu'une spectatrice pour essayer de le sauver… Je me demande d'ailleurs depuis quand celui-ci est devenu complémentent fou ?

Mélanie aimait les gens et savait détecter leurs qualités, mais aussi leur côté obscur. L'humour, le courage, l'intelligence, la compassion et l'amitié qu'elle savait dispenser avec générosité faisaient d'elle une belle personne. L'honneur, le respect, enfin toutes ces choses qui font ce que vous êtes, la rendaient indispensable aux autres…

— Mélanie, connais-tu l'historique de ta famille ?

— Quelle drôle de question, Tona ! Je sais deux ou trois choses, pourquoi ?

— La recherche de nos ancêtres me paraît intéressante, pas pour savoir si nous descendons d'une grande lignée, mais uniquement pour rassembler des moments de vies dispersés. Comprendre la transmission culturelle et morale : cette vie qui passe à une vitesse impressionnante ne prend du sens que si l'on tient compte du legs des générations et du lien hérité. Enfin, je le crois, en tout cas je l'espère.

— Raphaël, vous m'étonnez à chaque fois toujours un peu plus… Vous savez que je vous aime… Bon, j'ai bien intégré que ce n'était pas un rencard, mais puisque nous devons passer deux heures en tête à tête et que l'on n'est pas sûr de revenir vivant de cette expédition, peut-être pourriez-vous me dévoiler un peu plus de choses sur vous ? J'ai bien eu vent de deux ou trois petites bricoles, mais l'essentiel m'est inconnu…

Raphaël resta un long moment suspendu à sa propre décision, mutique devant cette demande à laquelle il ne s'était pas préparé sans pour autant que Mélanie ne montre la moindre impatience. À son grand étonnement, il accepta cette invitation à un échange plus personnel.

— J'ai cru pendant un moment trop long être plus malin !

— Alors, vous avez parfaitement su tromper votre monde… Puis-je me permettre une autre demande ?

Il hésitait encore à s'ouvrir complètement, mais au fond il en avait envie…

— Au point où nous en sommes, je t'en prie, pose ta question…

— La raison de votre regard bienveillant à mon égard ?

Il doutait encore un peu, malgré le lâcher-prise auquel il venait déjà de consentir…

— Après notre première rencontre, vous vous êtes affirmée telle que je vous espérais ! J'aurais pu vous épouser il y a trente ans, vous lui ressemblez en tous points !

Mélanie voulait retrouver un peu de légèreté dans l'échange, même si son visage venait de s'éclairer d'un sourire malicieux qu'elle ne pouvait retenir… Elle choisit l'humour pour tenter de se dégager de cette impasse…

— Voilà que tu me donnes du vous maintenant, c'est donc devenu très important pour toi ?

Elle tenta un retour vers moins de gravité :

— Elle n'était pas vraiment aussi jolie que moi n'est-ce pas ?

— Non, Mélanie c'est vrai, vous êtes plus jolie.

Se dérober maintenant au dialogue qu'elle venait d'initier aurait été maladroit et incompréhensible…

— Apparemment, nous sommes arrivés au stade des confidences… Encore une fois, pardon pour ma curiosité… Je sais que vous avez rejoint un groupe d'amis d'enfance après une rupture douloureuse…

Raphaël ne lui laissa pas le temps de préciser les contours de ce qu'elle voulait savoir exactement !

— Si je comprends bien nous sommes passés du divan au confessionnal…

— Je ne veux surtout pas vous embarrasser.

— Je me suis déjà mis à nu, alors refuser l'absolution serait ridicule…

— Tona, vous n'êtes pas obligé…

— Ne soyez pas inquiète, Mélanie, la blessure est profonde, mais ne saigne plus… Je me suis infligé une punition à la hauteur de ma stupidité et des fautes commises…

— Vous aviez oublié de lui offrir des fleurs ?

On entendait dans l'intonation prise par la jeune femme la volonté de ramener les confidences vers moins de douleur…

— Quand on passe à côté de la femme qui enchante votre quotidien, c'est que votre infirmité au bonheur est bien enracinée en vous !

— À ce point-là ?

— Non, je pense qu'elle a retrouvé ses esprits et a considéré en définitive que j'étais trop périlleux pour un avenir en commun.

— Votre enfance sans doute vous a amputé de la part de confiance qu'il vous faut accorder aux autres et à vous-même, j'en suis navrée…

Elle était sincère, cela se voyait dans ses yeux, à sa façon de se tenir et de s'exprimer. Elle s'en voulait de l'avoir conduit au bord de ses blessures intimes ; mais son respect pour lui et les sentiments qu'elle lui vouait l'avaient naturellement emporté vers cette conversation plus intime.

— Je sais bien que tout cela se joue souvent dans l'enfance… Nous arrivons bientôt à la gare du Midi, le jeu de piste va commencer ! Mais avant de nous rendre sur la Grand Place, j'aimerais passer Place de la Bourse…

— Vous y avez laissé une autre fiancée ?

— Presque… Il y a quelques jours, j'ai entendu par hasard sur France-Infos une brève d'une journaliste parlant d'un food truck qui sert les meilleurs escargots qui soient !

— Vous raffolez de ces petites bêtes ?

— C'est bien en dessous de la réalité… Ça pourrait même nous mettre en retard… Ils se rendirent sur la fameuse place… Mélanie décida de rejoindre les nombreux touristes assis sur la volée de marches qui longeaient le bâtiment de la Bourse. Elle pouvait apercevoir, de l'autre côté de la place, le point de vente qui ressemblait plus à une caravane qu'à un habituel Truck vendant de la nourriture.

— Raphaël, allez-vous faire plaisir, je vous attends ici.

Tona traversa la large avenue pour se retrouver face au Saint-Graal qu'il espérait trouver. Mélanie était trop loin pour entendre ce qui se disait, mais visiblement ça discutait dur. Après quelques minutes, elle le vit revenir sans rien dans les mains.

— Il avait tout vendu ?

— Ces journalistes sont incroyables, ils piquent une information sans jamais la vérifier. Cette fille a dû lire une petite brève dans une feuille de chou belge et s'est dit que ça lui ferait sa chronique du matin sans fournir plus d'effort !

— Que veux-tu dire ?

— Que ce qu'ils appellent escargots ici est en fait des bulots. « Escargot de mer », m'ont-ils précisé… Cette feignante ne s'est même pas donné la peine de faire son travail correctement. Allons à notre rendez-vous… Ça va peut-être me calmer !

Après avoir fait le tour de la Grand place comme de simples touristes jetant toutefois quelques regards autour d'eux, ils se dirigèrent rapidement vers le petit Jésus belge. Ils n'étaient pas seuls à se masser devant ce monument national et à contempler cet enfant en train d'uriner à la vue de tous… Ils patientaient attentifs aux moindres regards des personnes qui les entouraient et toujours sur leurs gardes devant ce gamin qui avait sauvé la ville en s'adonnant à un besoin naturel. Au bout de quelques minutes, la notification d'un message en provenance du portable de Tona se fit entendre… Celui-ci l'invitait à regarder dans la poche droite de son blouson. Sans qu'il s'en soit aperçu, un feuillet y avait été glissé indiquant le lieu du rendez-vous suivant : « Soyez à vingt-trois heures au bar le Walvis. » Raphaël, qui avait entraîné Mélanie dans cette hasardeuse expédition, lui avait aussi promis un excellent dîner et ils se mirent en quête d'un restaurant ayant ses faveurs.

— Je ne suis pas sûr d'avoir assez faim pour… commença Mélanie.

— Tais-toi, la coupa Raphaël. Ne dit plus rien tu vas dire une bêtise. La cuisine est le plus ancien des arts… Brillat-Savarin a écrit un ouvrage fondateur sur la merveille culinaire. Tu ne vas pas mettre à mal ce bel héritage. Faisons-nous plaisir, choisissons un établissement digne de ce gentilhomme.

À l'heure dite, ils étaient au Walvis. Beaucoup de monde. Il émanait de cet endroit une sensation d'intrigues et de secrets…

Le barman avait un physique de rugbyman, des doigts boudinés, stigmates de nombreuses embrouilles qui ne donnaient pas envie de se frotter à lui, des sourcils broussailleux et une mâchoire carrée, rien d'une gueule d'ange !

Sans être inquiets, Mélanie et Tona restaient sur le qui-vive. Au moment de poser sur la table les consommations commandées, le tenancier leur glissa une petite enveloppe. Tona prit immédiatement connaissance de ce qu'elle contenait… « Soyez dans une heure aux caves d'Artois. » C'est à vingt minutes à pied ! Vous accéderez à cet endroit par le hall d'immeuble, vous emprunterez un dédale qui vous conduira dans une sorte de cave où domine une grande cheminée. Un long couloir vous conduira vers le bar. Restez-y, ne vous aventurez pas dans la grande salle attenante où la musique se déchaîne et empêcherait toute discussion. C'est là que la rencontre aura lieu. Ils venaient de quitter le Walvis s'écartant rapidement d'un rassemblement de nombreux clients devant la porte, et avaient parcouru une bonne centaine de mètres lorsque des cris perçants s'élevèrent dans la rue…

Un coup de feu retentit… La panique faisant fuir de toute part les clients rassemblés devant l'entrée du bar.

Mélanie et Tona se précipitèrent à l'abri sous un porche d'où ils pouvaient observer ce qui se passait tout en étant hors de portée. D'autres cris fusèrent et d'autres détonations aussi. Tona semblait tétanisé. Que pouvait-il faire ? Ses pensées tourbillonnaient dans son esprit, mais aucune n'avait de sens. Il aperçut un homme au bout du passage. On aurait dit qu'il ne voulait pas être vu. Peut-être le fruit de son imagination cédait-il à une forme de panique bien compréhensive ?

Mélanie lui prit le bras de manière affectueuse pour l'attirer vers elle et le rassurer…

— Tona, cette histoire ne nous concerne pas, allons à la rencontre de notre informatrice…

La manière d'accéder à cet endroit était pour le moins étonnante. Ils furent accueillis par un homme trapu, avec de larges épaules, des bras de déménageur et un torse bombé illustré de nombreux tatouages. Son visage buriné arborait un nez tordu par les nombreux coups reçus. Il lâcha un rire totalement dénué d'humour.

— Allez vous asseoir à la table à droite de la cheminée, on vous amène de quoi boire, vous êtes mes invités.

Une jeune femme, plateau posé sur la paume de sa main, déposa trois bières tout en prenant place en face d'eux.

— Merci d'être venu jusqu'ici… Je vois que vous n'êtes pas seul !

— Vous êtes bien la sœur du cambrioleur malheureux ?

— Oui et soyez bien sûr qu'à aucun moment une telle issue n'a été préméditée…

Nous en sommes bien conscients, et c'est pour cette raison que nous sommes prêts à trouver les moyens d'aider votre frère. Que pouvez-vous nous dire sur cette affaire ?

— Le cadre d'un cabinet de conseil a participé avant l'élection présidentielle de 2017 à une rencontre. Malgré la sécurité qui entourait cette réunion, il a pu l'enregistrer… Et une copie a été envoyée à monsieur Vinckler. C'est ce que mon frère devait récupérer.

— Connaissez-vous le nom de l'agent qui a recruté votre frère ?

— Non, mais il le connaissait de longue date…

— Si nous vous remettons cet enregistrement, dans quelle mesure pourriez-vous agir pour mon frère ?

Mélanie écoutait sans intervenir, elle attendait d'en savoir plus, elle ressentait néanmoins un malaise persistant devant ce qui se déroulait.

— Je ne peux rien vous dire de concret pour le moment, j'ai besoin de connaître la nature exacte de ce qui s'est dit sur cet enregistrement et les personnes qui se sont trouvées embarquées dans cette aventure.

— Des garanties sont-elles possibles de votre part ?

— Laissez-moi prendre connaissance de ces éléments et je vous promets une réponse rapide.

— On vous contactera la semaine prochaine, une voiture vous attend devant l'immeuble pour vous raccompagner à Paris.

— J'ai besoin que vous me donniez un moyen de pouvoir vous contacter et cela uniquement en cas d'extrême urgence.

La jeune femme lui remit un petit mot, elle savait que cette demande lui serait faite…

Dans la voiture qui les ramenait à Paris, ils restèrent un très long moment silencieux sans aucun échange sur ce qu'ils venaient de vivre… Puis, Mélanie rompit le silence la première !

— Raphaël, as-tu la conviction qu'ils sont en possession de cette copie ?

Tona tourna lentement la tête vers sa protégée et la regarda longuement sans émettre le moindre son. Il avait tenu informés ses amis au fur et à mesure du déroulement de son périple. Il les avait également prévenus qu'il rentrerait tard dans la nuit.

Ils avaient alors crié haut et fort : « nous t'attendrons ! »

Chapitre VII

À trois heures du matin, tous avaient rejoint la bibliothèque, attendant Raphaël pour l'accueillir comme il se devait.

— Tout s'est bien passé, ne vous inquiétez plus, on aura l'occasion d'en parler plus tard.

Cela avait suffi pour que les mousquetaires retournent se coucher, apaisés par le retour sans dommage du plus valeureux d'entre eux.

Raphaël n'avait nullement eu l'intention de faire une grasse matinée, mais il n'avait pas imaginé être réveillé d'aussi bon matin… par Claire Derran ! Claire venait l'informer que quelqu'un s'était introduit chez elle, il s'était alors immédiatement rendu sur les lieux. En arrivant, la porte du pavillon était grande ouverte, mais ne montrait aucun dégât.

— Bonjour, madame Derran. Comment savez-vous que l'on est entré chez vous ? Il ne semble pas y avoir eu d'effraction.

— Bonjour… En effet… Moi-même je ne m'en serais pas rendue compte si mon cambrioleur n'avait pas effacé les traces qu'il pensait avoir laissées.

— Je ne comprends pas…

— Je me suis naturellement rapprochée de ma table de nuit. Le tapis au pied de mon lit est très moelleux, mes empreintes s'incrustent toujours dessus… Elles ont disparu. J'ai ouvert les tiroirs et j'ai remarqué que des choses avaient été déplacées, mais il ne manquait rien…

— En y repensant, il est fort à parier, qu'à votre insu, Arnaud ait pu dissimuler une chose qu'il considérait comme importante… Êtes-vous sûre d'avoir bien regardé dans tous les recoins ?

Elle se mit à réfléchir et un éclat aussi brillant que fugace balaya son regard. Cela n'avait pas échappé à Tona et il se mit à espérer que Claire songeait à une éventualité.

— J'ai l'impression que vous avez une petite idée derrière la tête, n'est-ce pas ?

— En effet, une hypothèse reste plausible, mais il me faut la vérifier…

— Ce n'est pas ici ?

— Non, c'est un sac que j'ai emporté avec moi quand je suis allé me réfugier chez ma belle-sœur, en raison de votre l'enquête…

— Pourrait-on s'y rendre immédiatement… ? Comme vous pouvez l'imaginer, c'est très important…

Quand elle avait décidé de suivre les conseils du commissaire et de quitter son domicile pour des raisons de sécurité, c'était chez son frère qu'elle avait choisi pour se mettre à couvert… Elle avait alors emporté avec elle les seuls effets qu'elle n'aurait pas aimé que l'on découvre en son absence. Et c'est précisément à ce sac qu'elle pensait. Arnaud savait que Claire ne le laisserait jamais derrière elle.

Ils venaient d'arriver. Elle présenta Raphaël à sa belle-sœur, qui lui proposa un café qu'il accepta volontiers. Seulement quelques minutes avaient été nécessaires à Claire pour trouver la clé USB qu'Arnaud avait dissimulée dans un paquet de cigarettes.

— Monsieur Tona, auriez-vous la gentillesse de prendre connaissance de ce qu'elle contient en ma présence ?

Raphaël demeura un long moment interdit avant de tenter d'expliquer son embarras et la décision qui en découlait !

— Madame, il est fort probable que les informations contenues dans cette clé soient très sensibles et directement reliées au drame. Ce serait une faute grave de vous laisser en prendre connaissance. Cela mettrait mon travail et peut-être aussi ma personne en grand danger.

— J'en ai conscience, Raphaël, mais je n'ai que vous pour me permettre de comprendre ce qui s'est passé. Aidez-moi à faire mon deuil. Ne vous inquiétez pas pour votre enquête, elle ne souffrira d'aucun dommage à cause de moi… Je m'y engage !

Raphaël avait du respect pour cette femme. L'histoire tragique de sa famille, la perte douloureuse de son amant et, même s'il s'en défendait, une attirance naturelle… Mais divulguer les éléments sensibles d'une pièce à conviction à une proche de la victime était une connerie évidente ! Et Tona s'apprêtait à la faire…

L'enregistrement semblait de bonne qualité. On pouvait aisément comprendre qu'il s'agissait d'une réunion regroupant des donateurs financiers. Mais, à aucun moment, il n'était possible d'identifier les personnes présentes.

On y parlait argent et participation physique à la campagne électorale. Il ressortait de l'ensemble des débats que le candidat n'était pas présent, seul son représentant pouvait être identifié. Une certaine euphorie accompagnait les interventions, signe d'une victoire à portée de mains… Les participants étaient assurés du retour sur investissement. « Votre soutien sera récompensé à la hauteur de votre confiance… entendait-on distinctement. » Après des remerciements très obséquieux adressés personnellement à chacun des conviés, ceux-ci quittèrent un à un la réunion. En aparté, on devinait un dernier échange entre le mandataire du candidat et le représentant des cabinets de conseils… Malheureusement, l'éloignement de la prise de son altérait la bonne compréhension de ce qui se disait. Mélanie avait-elle vu juste ? La sœur du cambrioleur était-elle réellement en possession d'un enregistrement ? Sinon, que pouvait bien signifier cette intrusion dans la maison de Claire ? Existait-il une autre pièce au puzzle ?

— C'est à cause de cette tambouille de marchands de tapis qu'on a tué Arnaud ?

— Votre compagnon est décédé, c'est exact. Mais le rapport de la légiste est formel, ce n'est pas le coup porté qui lui a été fatal !

— Peut-être, mais sans cette aventure hasardeuse, il serait toujours vivant…

— Vous avez raison ! Excusez cette remarque inappropriée !

Elle sentit son pouls battre plus rapidement, des tremblements convulsifs envahirent ses mains et ses jambes… Tout son corps se mit à trembler.

Elle allait vomir… Elle eut le réflexe de se pencher en avant… Son petit déjeuner venait d'éclabousser copieusement le sol lambrissé du salon. Submergée par la détresse, son cerveau refusait de fonctionner. Elle ne savait plus vers qui se tourner.

— Monsieur, ayez la gentillesse de nous laisser, je vais m'occuper de Claire…

Raphaël n'eut pas d'autre choix que de laisser la belle-sœur prendre les choses en main. Ce qui l'inquiétait en réalité, c'était l'entorse à la règle la plus élémentaire dans une procédure criminelle, transgression dans laquelle il venait de s'empêtrer. Il avait pris une initiative qui potentiellement risquait de s'avérer catastrophique…

Il quitta les deux jeunes femmes, fustigeant la faiblesse dont il venait de faire preuve… Il avait besoin de marcher. Une chaleur suffocante ralentissait son allure. Lui qui ne jurait que par la pluie y voyait un signe. Il se reprit immédiatement et chassa de ses pensées ces superstitions ridicules qui d'habitude n'avaient aucune prise sur lui…

Revenir au rationnel… Claire n'irait jamais se répandre sur ce qu'elle venait d'apprendre. Elle savait que cela pouvait porter préjudice à Raphaël et entraver la révélation de la vérité. Elle comptait sur lui pour débusquer les vrais responsables de la mort d'Arnaud.

Il arriva très en retard au 36, ayant fait un détour par la brasserie pour commander à Armand un déjeuner pour quatre dans le petit salon. Il allait mettre son groupe au courant de tout. Il lui fallait également affranchir Demarle et lui rendre compte dans les moindres détails de ce qui s'était déroulé dans ce pays du surréalisme qu'est la Belgique. À peine avait-il passé le seuil de la salle des enquêtes que Thomas l'avertissait de la convocation du divisionnaire dès son arrivée et avant toute autre action.

— Merci, Thomas. S'adressant à ses collègues : attendez-moi, je dois vous parler à tous… Réservez votre pause déjeuner, je vous invite, l'affaire s'emballe !

Raphaël venait de pousser la porte du bureau de son chef. Curieusement, Henri avait toujours manifesté depuis le début de cette affaire une bienveillance et une écoute beaucoup plus soutenues qu'habituellement.

Mais ce matin, c'était un homme défait, avec des yeux bouffis et cernés, qu'il découvrait. Son regard était fixe, il avait perdu tout éclat au point que sa peau paraissait grise. Il restait assis et silencieux. Tona ne chercha pas à précipiter le mouvement… L'expression du divisionnaire semblait dénuée de toute envie…

Levant péniblement la tête…

— Raphaël, merci d'être venu si rapidement. J'ai dû transmettre à la DGSI la totalité du dossier Vinckler. Tarrin a demandé l'ouverture d'une information judiciaire au parquet antiterroriste !

— Ce type est complètement à la masse… L'antiterrorisme, et pourquoi pas la conscription ?

— Un juge d'instruction vient d'être désigné et il vous attend dans son bureau à 15 heures pétantes ! L'invitation…

Demarle lui tendit le document officiel…

— Je vois que la justice s'active promptement quand des proches du pouvoir en font la demande !

— J'ai moi-même été interrogé sur votre escapade en Belgique…

— Que leur avez-vous dit ?

— Rien, puisque je ne vous avais pas encore revu ! Le juge en a convenu et me verra plus tard…

Raphaël lui fit un rapport circonstancié de ses aventures bruxelloises. Il détailla également les rebondissements de la matinée avec la découverte de l'enregistrement. La confiance entre les deux hommes étant totale, Henri lui révéla la raison de ses angoisses.

Tout s'éclaira pour Tona. Il comprenait maintenant la situation kafkaïenne dans laquelle son supérieur se retrouvait ! Voir son fils unique entraîné vers un avenir incertain et menaçant, du fait d'un homme qui n'inspirait ni confiance ni sympathie, lui était insupportable. Tona tenta de le réconforter comme il le pouvait. Ils s'entendirent sur la marche à suivre pour ce qui se dirait l'après-midi dans le cabinet du juge !

Réunis dans la petite alcôve aux secrets de la brasserie d'Armand, les plats commandés servis, Raphaël demanda qu'ils ne soient plus dérangés.

Il les invita à manger pendant son préambule qu'il annonça comme incontournable, mais peut-être un peu lénifiant…

Tona commença par féliciter l'équipe pour sa force de cohésion, et la remercia de l'important travail déjà réalisé. Il salua avec beaucoup d'émotion la solidarité qu'elle lui avait manifestée à moult reprises…

C'était précisément en raison de cette précieuse complicité qu'il devait aujourd'hui montrer une totale transparence via la demande qu'il s'apprêtait à leur faire.

Il souligna la multitude de rebondissements des dernières vingt-quatre heures en y ajoutant la dernière confidence du divisionnaire au sujet du fils de sa femme Colette, un enfant qu'il avait élevé comme s'il était le sien. Il invita ses acolytes à bien réfléchir avant de se lancer dans cette croisade dangereuse. Leur carrière risquait vraiment d'en pâtir.

Je tiens à ce serment collectif, avait-il martelé. Si cette affaire devait déraper du fait de mes choix, je prendrais toutes les fautes sur moi, jurant qu'aucun d'entre vous n'avait la moindre idée de l'enquête parallèle à laquelle je me livrais.

Chacun de vous devra confirmer cette version, allant jusqu'à montrer une totale surprise et même une réelle indignation. C'est à cette seule condition que j'accepterai de vous embarquer à mes côtés dans cette galère…

Aucun des mulets ne refusa cette aventure qui s'annonçait pour le moins hasardeuse… L'adrénaline commençait à distiller de l'excitation dans chacun de leurs corps. Cette chasse aux petits arrangements entre amis les mit en joie et la fin du déjeuner ne fut que rires et anecdotes moqueuses à l'endroit des puissants. Les choses sérieuses allaient pouvoir enfin démarrer !

Combien de fois Tona s'était-il payé un gus cravaté ou un juge serti de toute leur puissance et qui l'avaient pris de haut ?

Raphaël ne devait surtout pas arriver en retard à cette convocation… Il avait même un bon quart d'heure d'avance. Assis sur la banquette face au cabinet du juge, il se repassait chacun des scénarii échafaudés avec son supérieur et son équipe.

La porte venait de s'ouvrir. Pensant qu'il s'agissait de le faire entrer, il esquissa un mouvement vers le haut… Il fut stoppé dans son élan par les salutations de Tarrin qui sortait. Il se rassit, le cerveau en ébullition… Cette entrevue entre le juge et le directeur de la DGSI n'annonçait rien de bon.

Naturellement, le précédent rapport des bœufs-carottes à son sujet avait été épluché à la virgule près… À lui seul, ce document constituait pour le juge un élément à charges, même si aucune sanction n'avait suivi ses conclusions, ni même le moindre blâme.

Les premières lignes des inspecteurs n'avaient pas été tendres. Elles faisaient de lui le vilain petit canard qui ne veut jamais jouer avec les autres volatiles de la basse-cour. On pouvait y lire entre autres : « Raphaël Tona est un fonctionnaire incontrôlable, et une forte tête qui aime s'affranchir de toutes les règles. »

Heureusement, il y eut l'audition du divisionnaire Henri Demarle… « Le commissaire Tona est un flic qui tient à son indépendance. Il est doté d'une intelligence de déduction et d'appréciation au-dessus de la moyenne. Courageux, dur à la tâche, ultra compétent… Il faudrait tellement plus d'enquêteurs comme lui dans nos rangs pour que cette grande institution que nous représentons obtienne naturellement le respect de tous nos concitoyens. »

Sans aucun doute, ce plaidoyer fut déterminant.

Le juge était un homme d'un certain âge dénué de toute séduction. Il était grand avec un visage émincé. Son corps était aussi long qu'étroit tout comme peut l'être celui d'un félin… Ses oreilles décollées complétaient sa curieuse silhouette… Une peau très pâle, un menton pointu, des sourcils blonds, presque blancs, comme ses cheveux. Tona était conscient que l'individu qui lui faisait face était, sans l'ombre d'un doute, capable de lui créer de nombreux problèmes.

— Bonjour, Monsieur le Commissaire, je suis le juge Ferrand en charge d'instruire le dossier de monsieur Vinckler qui, semble-t-il au vu des rapports qui m'ont été fournis par monsieur Tarrin, pourrait avoir une incidence sur la sécurité intérieure de la France.

— Très sincèrement, Monsieur le Juge, au point où j'en suis de mes recherches, à aucun moment je n'ai relevé d'indices permettant d'affirmer une chose de cet ordre. Certes, il avait la dent dure contre l'exécutif, mais aucune violence dans ses critiques…

— Si vous permettez, ce sera à moi de le déterminer… Ces rapports montrent aussi que vous seriez en possession d'informations qui seraient très utiles à la compréhension des faits tels qu'ils se sont déroulés.

Tona attendit un long moment avant de prendre la parole, espérant une vraie question ! La patte de Tarrin était derrière cette affirmation.

— Excusez-moi, que voulez-vous savoir ?

— Eh bien, êtes-vous en possession de documents susceptibles d'éclairer mon instruction ?

— J'avoue ne pas comprendre… Mon supérieur vous a remis l'ensemble de la procédure et comme vous ne pouvez l'ignorer j'ai, lors de mon entretien avec le directeur de la sécurité intérieure, révélé tout ce que mon équipe et moi-même avions découvert.

— Décidément, vous vous plaisez à être fidèle au comportement qui vous a si souvent été reproché, mais avec moi cela ne servira à rien… J'entends bien obtenir les réponses à toutes mes questions ! Juste au cas où vous en douteriez, ceci est une menace !

Raphaël sentit le sang lui monter au visage… Mais il ne ferait pas le jeu de ce laquais du pouvoir.

Il garderait son calme… Il entreprit méthodiquement de rappeler au juge le quotidien d'un flic de terrain…

— Monsieur le Juge, on a tous nos limites… Depuis vingt ans, ce travail a définitivement abîmé ma vision du monde. Plus encore, celle de notre société malmenée par les renoncements successifs de nos élus paralysés par l'obsession du pouvoir ! Ces maris qui battent à mort leurs épouses alors que celles-ci, pour beaucoup d'entre elles, ont déjà saisi la justice plusieurs fois en espérant une protection… Ces violeurs et autres trafiquants… Ces apprentis terroristes dont la seule obsession est de massacrer le plus de gens possible pensant qu'un Dieu, quel qu'il soit, pourrait réclamer ce sang versé… Ces proxénètes immondes livrant des adolescentes à des monstres, sans oublier les pédophiles de tous poils. Enfin, quand chaque jour, vous êtes confronté à ce que l'humanité a de plus désespérant et de plus dégradant, vous comprendrez que vos mises en garde représentent bien peu de choses…

Continuant avec candeur…

— J'ai lu, il y a des années, une phrase qui m'a marqué : « Je suis puni parce que mes yeux ont vu sans le vouloir quelque chose et mon seul tort est d'avoir des yeux… » Pour notre blogueur, il devait y avoir un peu de cette logique… Alors de quelles menaces voulez-vous me parler ?

Son intérêt pour l'histoire l'avait porté à s'intéresser à la mythologie gréco-romaine, espérant y trouver une sagesse perdue. Il en était ressorti médusé. Les dieux grecs et latins étaient aussi violents, luxurieux, jaloux et pervers que nos monstres humains d'aujourd'hui. L'agacement du juge devenait perceptible… Sa voix traduisait tout le mépris qu'il éprouvait pour des flics comme lui, rebelles, indépendants et le pire à ses yeux : cultivés !

— Je n'hésiterai pas à vous mettre en examen si j'ai la conviction que vous gardez pour vous des indices ou toute autre pièce pouvant démêler les nœuds de ce complot.

— Je suis à votre disposition… Posez vos questions !

— Pour quelle raison Demarle vous a-t-il envoyé à Bruxelles sous la couverture d'Interpol ?

— Ah oui, ça ! C'est vraiment très embarrassant, je me sens comme un enfant pris la main dans le sac de bonbons…

— Expliquez-vous !

— Je suis confus, Monsieur le Juge, et pour vous dire les choses le plus simplement du monde, cette histoire est en tous points pitoyable. J'ai voulu impressionner ma jeune collègue Mélanie… Elle me plaît beaucoup et j'ai imaginé qu'un dîner romantique, sous couvert d'une mission supposée dangereuse en Belgique, m'aiderait à la séduire.

— Vous vous payez ma tête n'est-ce pas ?

— Pas le moins du monde et cette confession m'est pénible, soyez-en sûr ! J'ai bien conscience, voyez-vous, du ridicule de la situation… J'ai vingt-trois ans de plus qu'elle, je voulais combler cet écart par du prestige… D'où la mission fantôme ! Mon chef lui-même a été trompé par mon montage grossier. Il pensait sincèrement que j'allais enquêter !

— Le rapport sur votre filature confirme un dîner en tête à tête avec une très jolie jeune femme… Mais vous avez faussé compagnie à l'agent en sortant du restaurant…

— Je ne savais pas que l'on me surveillait ! Mais l'ami qui a si gentiment mis à ma disposition son studio n'aurait pas accepté que nous soyons trois dans la chambre… Il a quelques principes, voyez-vous !

Le juge contenait sa fureur…

— Monsieur le Commissaire, je n'ai aucun moyen pour le moment de m'assurer de la véracité de cette rocambolesque histoire. Mais si vous êtes en train de me prendre pour un imbécile, vous aurez à le regretter. Vous pouvez disposer !

Tona venait de passer le Rubicon, plus aucun retour ne serait possible. Il savait aussi qu'il pouvait y sacrifier sa carrière. Il fit volontairement ce choix décisif et irréversible.

Raphaël se trouvait dans une obscurité quasi totale dans un endroit qui lui semblait familier, sans pour autant être en mesure de l'identifier… Il ressentit un insidieux mal-être, des bruits de pas dans la cage d'escalier descendaient vers lui et, dans un réflexe dicté par la panique, il frappa brutalement à l'aveugle l'individu… Non, ne fais pas ça, hurla son esprit, ce n'est pas lui ! La chute d'un corps lourd sur le carrelage froid du salon le réveilla.

Il était une heure du matin, la nuit ne lui apporta aucun repos. Vers trois heures, il se mit à pleuvoir et la régularité des gouttes d'eau frappant les vitres répandit une rumeur apaisante, mais aussi la solitude des rues désertes et de la tristesse… Mais Raphaël y était habitué.

Tous les enquêteurs connaissent un jour ou l'autre une affaire qui les ronge et qui ne leur laisse aucun répit. La plupart du temps, elle est liée à des scènes de crime effroyables. Mais, cette fois-ci, pour Raphaël, sans être capable de dire pourquoi, la mort de ce blogueur lui était devenue insupportable parce qu'il était persuadé qu'elle était le fait de la cupidité du pouvoir.

Elle détruisait son sommeil, son appétit aussi, mais ce qui l'obsédait au plus haut point, c'est qu'elle aurait dû être évitée.

On ne peut rien contre la folie meurtrière de ceux qui passent, d'un coup, dans une autre réalité. Nous subissons, sans parvenir à l'éviter, la monstruosité de leurs actes. Il en était tout autrement pour la mort de Vinckler…

Un marionnettiste dans l'ombre tirait les ficelles, mais Tona n'avait aucune idée de la manière de l'identifier. Il avait promis à Henri de tout faire pour protéger son fils. Il ne l'avait jamais rencontré et ne savait même pas qu'il avait rejoint la DGSI.

C'est lui qui avait recruté le monte-en-l'air. Adolescents et au même âge, ils s'étaient rencontrés dans le club de foot du quartier et avaient joué dans la même équipe jusqu'à la catégorie junior, tissant de vrais rapports amicaux.

Leur grande complicité avait motivé la raison de ce choix ! L'objectif leur apparaissait somme toute banal et pensait-il, sans risque…

Le drame qui s'en était suivi avait mis le feu dans tout le service. À mots couverts, on pointait l'amateurisme du nouveau venu dont tous savaient maintenant qu'il s'agissait du fils adoptif du divisionnaire.

Julien se trouvait dans une situation délicate, il n'était pas question pour lui de livrer son pote sans la garantie qu'il ne serait pas broyé par la raison d'État. Sa seule option était la découverte du commanditaire de l'ordre de mission qu'il savait appartenir au Château.

La première des choses que fit Tona, après cette nuit tourmentée, fut de rencontrer Julien. Ils se retrouvèrent dans une cache de la DGSE. À la demande de René, Roger avait organisé la sécurité de la rencontre.

Julien détailla de manière chirurgicale les diverses étapes qui avaient conduit sa hiérarchie à lui confier le soin de recruter un candidat cambrioleur aux capacités éprouvées. La seule option restante était de trouver le nom du donneur d'ordre couvert par Tarrin, Tona en était persuadé…

Julien disposait d'un bon carnet d'adresses. Il possédait une relation de confiance avec un des plus brillants hackers de la place de Paris. Il lui était difficile de rentrer en contact avec lui sans le mettre en danger. Il se savait surveillé en permanence, ce qui ne lui laissait aucun répit. Julien avait affranchi Tona sur la procédure à suivre pour rassurer son contact et le convaincre d'accepter l'entrevue proposée.

Pour Raphaël, cette révolution technologique le dépassait. Il savait, comme tout un chacun, que le monde était entré dans une ère virtuelle, que des gamins qui bricolaient il y a quelques années dans le garage de leurs parents pouvaient lancer désormais des fusées pour explorer l'espace…

Que Steve Jobs et Steve Wozniak avaient conçu des petites boîtes qui faisaient d'eux des milliardaires… Alors que lui était tout juste capable d'utiliser sa messagerie.

La rencontre eut lieu l'après-midi même. Ce qu'il découvrit lui plut beaucoup, une carrure de boxeur, avec une bedaine que l'on ne pouvait pas ignorer, une barbe mal taillée et un air totalement débraillé. Sa chemise, qui sortait carrément de son pantalon, était tachée. Un air curieux, mais particulièrement expressif, complétait le personnage. Tona se serait plus certainement méfié d'un mec en costard-cravate et pompes parfaitement cirées que de ce baba cool !

Une fois les politesses terminées, le hacker rassura immédiatement Tona lui assurant de pouvoir tout obtenir des mails et autres petits secrets cachés dans le disque dur de l'ordinateur du directeur de la DGSI. Raphaël ne le cachait pas, il était admiratif. Il n'avait même pas eu à préciser le genre d'éléments qui pourraient aider Julien puisque ce génie du craquage de logiciels les mieux protégés comptait lui livrer le bonhomme dans son entier…

Il fallait que Raphaël se renseigne au risque de se faire renvoyer dans ses cordes !

— Serait-il indiscret de vous demander s'il y a un truc pour s'introduire dans ces coffres-forts ?

— Aucun secret, aucun truc, c'est de l'ingénierie sociale… Patience et observation ! Il s'agit toujours d'une faille humaine.

— C'est-à-dire ?

— Une secrétaire trop pressée le midi d'aller déjeuner ou les habitudes qui endorment les process.

— Et c'est tout ?

— C'est aussi simple que ça… La faille humaine.

Claire avait souhaité la présence de Raphaël aux obsèques de son ami. Dans tous les cas, Tona s'y serait rendu et Claire le savait parfaitement… Ce matin-là, une luminosité particulière s'étendait sur le cimetière du Père-Lachaise, elle semblait avoir convoqué les lueurs des âmes des illustres résidents.

Tona n'en revenait pas, le public était considérable, réalisant du même coup la force que pouvaient avoir les réseaux sociaux. Il était plutôt dépassé par ce phénomène, préférant laisser à ses mulets le soin de naviguer sur cette mer d'informations dans laquelle il s'était trop souvent noyé.

Néanmoins, il ne pouvait s'empêcher de constater les dérives engendrées par Internet. Cet outil, qu'il admettait être fabuleux et incontournable, avait tissé une toile incommensurable. Les araignées les plus voraces et les plus cruelles peuvent s'y reconnaître et rivaliser de phantasmes les plus délirants.

L'avènement de cette foire aux fous, aux dégénérés et aux complotistes illuminés finira par dévorer ceux qui ne rêvaient que de bienfaits, de progrès et de futur lumineux.

La boîte de Pandore a été ouverte. Le venin nous a été perfusé peu à peu et, comme des moucherons collés aux fils gluants de la toile, nous sommes prédigérés sans aucune chance de nous échapper…

Malgré tout, il lui fallait faire son travail, se mêler à la masse des anonymes accompagnant le défunt, capter tout ce qui pouvait se dire sur la mort du blogueur.

« On a voulu le faire taire… »

« Ce n'est pas un cambriolage qui a mal tourné, mais un contrat sur sa tête… »

« Le pouvoir est derrière cette sordide affaire… »

« il y a encore des Bastilles à prendre… »

« Quel danger pouvait-il bien représenter pour que l'on veuille le faire taire ? »

« Je n'arrive pas à imaginer, que dans notre pays, une chose pareille puisse-être possible ! »

Ses oreilles ne voulaient-elles absorber que ce genre de délires ?

« Pour que les pantouflards de la Cour des comptes aient repéré le tripatouillage, tu imagines les milliards distribués à des mecs qui n'ont fait que choisir la couleur des tracts ! »

« Qui maintenant va reprendre son travail d'analyse et dénoncer, comme il le faisait, l'amateurisme dangereux de cette majorité ? »

« Se servir sur des sommes budgétées après la décapitation d'un hussard de la République, comme Jules Ferry aimait à baptiser tous ces maîtres chargés d'instruire nos enfants, dépasse l'entendement et l'ignominie ! »

« Moi, depuis le début, je dis que cette gonzesse c'est la Robespierre de la R.E.M »

Il lui fallait s'écarter de cette masse difforme dont les propos commençaient à le désorienter… Ses oreilles ne pouvaient plus trier…

Un groupe de touristes italiens avec leur guide se tenait dans une travée parallèle du cimetière. Le hasard n'est jamais très loin… Il se rapprocha d'eux pour profiter des sonorités chantantes de sa langue maternelle. Il lui fallait reprendre son souffle, se vider la tête.

Père-Lachaise è il più grande dei cimiteri parigini e il più visitato grazie alle celebrità che vi sono sepolte e ai suoi duecentoventi anni di storia. Diecimila cerimonie funebri e più di tre milioni di visitatori all'anno. Questo luogo è diventato anche un modello di biodiversità grazie al divieto di pesticidi che ha permesso alla natura di riconquistare i suoi diritti. Migliaia di alberi tra un centinaio di specie diverse. Una moltitudine di animali fino alle volpi.

Il avait profité des tirades de la guide pour découvrir tout ce qu'il ne savait pas sur l'histoire de ce cimetière… Et il n'en avait jusque-là rien su… ! Il réintégra la foule. Les échanges allaient toujours de bon train. Ils étaient aussi nombreux et véhéments… L'affaire devenait inquiétante ! Tona découvrait la réalité d'un autre monde…

Malgré l'importance de l'assistance, Tona repéra son ancien collègue Fournier flanqué d'un photographe qui s'était introduit dans une petite chapelle à la porte de fer ajourée pour mitrailler à tout va. Il se garda bien d'aller le saluer, préférant conserver l'avantage, si le besoin s'en faisait sentir. La cérémonie fut d'une grande simplicité, quelques prises de paroles et un adieu d'une grande sobriété de la part de Claire.

La dispersion se fit dans le plus grand calme, l'atmosphère était empreinte de respect et de dignité. Raphaël voulut saluer Claire qui venait à sa rencontre…

— Merci d'avoir été à mes côtés même si j'ai conscience que votre travail vous obligeait à être présent, mais il n'impliquait pas que vous m'attendiez !

— C'est exact, mais il me semble que nous avons dépassé les simples conventions sociales…

Claire l'attira dans ses bras et posa sa tête sur son épaule. En essuyant quelques larmes, elle lui confia sa détresse…

— Je sais que le fantôme d'Arnaud me hantera toujours. Jusqu'à la fin, je me souviendrai de son sourire, de ses baisers, de son corps, de toutes les nuits passées à faire l'amour, de nos interminables déclarations de bonheur de s'être trouvés entre deux étreintes… Raphaël, vous avez le pouvoir de me redonner vie !

Chapitre VIII

— Claire, bonjour, ne me dites pas que l'on a encore essayé de visiter votre domicile ?

— Non, Raphaël, soyez tranquille, même si je ne suis pas certaine que ma réponse vous rassure…

— Que dois-je comprendre ?

— Je sais que les réseaux sociaux ne sont pas votre tasse de thé, mais ce matin, un collectif qui m'est totalement inconnu a fait appel à une manifestation en hommage à Arnaud, samedi prochain, place de la République ! Je vous transfère le laïus introductif…

« Notre pays vient de connaître des émeutes d'une rare violence. Il est étonnant qu'aucun journaliste d'aucun média n'ait mis en lumière cet embrasement comme une réponse à l'autisme du gouvernement face aux millions de Français qui pendant des mois ont battu le pavé…

Évidemment, ce n'est pas la conscience politique de ces jeunes qui les ont fait agir. La plupart d'entre eux ont trouvé là un défouloir bien commode à leur inoccupation.

Il serait quand même dangereux que cette majorité imagine que l'inconscient collectif n'ait pas joué son rôle…

L'arrogance du président et son mépris pour leurs parents impactés au premier chef par cette réforme des retraites scélérate ont de façon souterraine infusé un peu de cette rage destructrice.

La disparition de notre ami Arnaud Vinckler n'a suscité aucune colère pour le moment… Mais elle a indigné beaucoup d'entre nous.

Ce lanceur d'alertes politiques qu'il était dérangeait le pouvoir, ses billets d'humeur depuis des années pointaient l'amateurisme de cette majorité et les catastrophes à venir.

Sa mort au cours d'un cambriolage où rien n'a été dérobé nous interroge tous.

Votre présence massive au Père-Lachaise en est la preuve.

Alors samedi prochain, avec la force que décuple la lutte contre les injustices, nous devons dire stop à cette dérive autoritaire de l'exécutif.

Le collectif : Justice pour Arnaud »

Tona envoya immédiatement cette déclaration d'intention aux mulets avec comme consigne de tout savoir sur ces gens-là. Lui allait rendre visite à son ami Jacques Fournier qui devait sûrement être en possession des rapports du S.C.R.T.[9]

— Bonjour, Jacques, évidemment tu es au courant de la manif de samedi…

— Évidemment !

[9] Service central du renseignement territorial.

— Que dit le renseignement territorial ?

— Il se prépare à une très forte mobilisation.

— Que sais-tu de ce collectif ?

— Pas grand-chose encore, j'attends le rapport du renseignement…

— Jacques, sois gentil, balance-moi les infos dès que tu les auras !

— Raphaël, j'ai été sidéré par l'ampleur du cortège au cimetière. J'ai dû pointer dans mon rapport le potentiel danger que représente l'affaire Vinckler pour le gouvernement.

— Je comprends Jacques, moi-même j'ai été ébahi par les propos qui s'échangeaient.

— Raphaël, je suis resté jusqu'à la fin, j'ai pu constater ta proximité avec Claire Derran…

Si tu veux résoudre ce sac de nœuds politique, suggère-lui de faire une déclaration appelant à un hommage dans le plus grand calme.

— Tu as raison, continuons d'avancer masqués… Inutile de distribuer trop de bonnes cartes à ce pouvoir !

— Raphaël, encore une chose, méfie-toi du juge Ferrand, il n'a pas été choisi au hasard…

Abstiens-toi de jouer au con avec lui, il est capable de briser ta carrière ! Je me demande même s'il n'a pas été désigné uniquement dans ce but !

— Merci, Jacques, je suis heureux de constater que tu es encore du bon côté…

Le groupe attendait Tona pour faire le point sur cet étrange collectif. Dès son arrivée, ils se regroupèrent autour de la grande table, témoin de toutes leurs enquêtes et commencèrent à échanger ce qu'ils avaient déjà mis à jour.

Ce collectif ne jouissait d'aucune structure officielle, les préfectures n'avaient pas la moindre demande de création associative. Les mulets avaient navigué sur la toile toute la matinée, identifiant une multitude de groupes relayant l'appel à la manifestation.

Mélanie avait fait une analyse méticuleuse de ce qui tournait en boucle sur les réseaux sociaux, des discours décomplexés d'apprentis bourreaux, chacun participant à ce tribunal populaire bien planqué derrière son écran.

Elle fit remarquer la rapidité des interactions permises par le Web qui se trouvaient alors libérées et favorisaient les émotions primaires. Écrire une lettre nécessitait du calme, on s'y reprenait à plusieurs reprises, on la lisait et relisait, on la corrigeait encore et encore. Le temps qu'on y passait permettait aux mots de s'apaiser.

Avec le clavier, quelques pressions et sans même y penser c'était parti ! La toile vous inondait de ces discours spontanés dont beaucoup regrettaient la publication le lendemain même. On retrouvait dans ce collectif tous les groupuscules prônant la désobéissance civile et sa nébuleuse d'extrême gauche au premier rang desquels : « Expiration Rébellion », qui proposait de gravir le majestueux lion de bronze.

Rappelant que cette allégorie et ces statues qui l'entouraient, place de la République, représentaient le symbole du suffrage universel et du droit de vote même si pour certains, donner la parole tous les cinq ans aux Français ne faisait pas d'un pays une grande démocratie.

Raphaël avait apprécié le travail réalisé par son groupe et l'en avait félicité. Il l'informa de la teneur de sa rencontre avec son ancien collègue et ami des R. G. Jacques Fournier. Il pensait suivre son conseil et proposer à Claire une rencontre dans les meilleurs délais. Il reçut l'assentiment de son groupe quant à la manœuvre.

Il lui fallait maintenant peaufiner avec Henri la stratégie à mettre en place pour finir de le rassurer sur l'issue positive qu'il entrevoyait pour son fils Julien grâce à sa rencontre avec le prodige de l'ingénierie virtuelle.

Raphaël avait proposé à Claire de se retrouver chez son ami Armand pour déjeuner. Celle-ci lui fit remarquer que son temps de midi était compté et qu'elle serait plus disponible autour d'un dîner si des choses importantes devaient être discutées… Claire s'était inquiétée des raisons de cette invitation, mais Raphaël préférait attendre pour les lui révéler de vive voix.

Au siège de la DGSI, Tarrin avait réuni le groupe d'agents en charge d'infiltrer la manifestation. Il espérait à cette occasion identifier et ficher les meneurs pour parer à toutes les éventualités à venir.

La déclaration d'intention appelant à ce rassemblement comportait suffisamment de menaces sous-jacentes pour qu'un important dispositif policier soit mis en place.

Un plan très détaillé de la place de la République était plaqué sur le mur et Tarrin y faisait face… Il jouait du Stabilo « boss » jaune et rouge comme un enfant qui en découvre les pouvoirs.

Les agents de la sécurité intérieure allaient être reliés en permanence par radio au QG opérationnel de la préfecture de Paris.

Tarrin avait spécifiquement chargé l'un d'entre eux de la surveillance propre à la personne de Raphaël Tona. Il s'était ensuite rendu au pôle antiterroriste pour informer le juge Ferrand de son dispositif et en particulier de la surveillance du commissaire. Le juge l'avait assuré de son total soutien et lui avait même précisé qu'il était prêt à lui délivrer dans l'heure une commission rogatoire si nécessaire…

Claire et Raphaël se retrouvèrent à la brasserie. Armand avait bien fait les choses, le petit salon avait été sobrement apprêté et il se dégageait de l'espace une quiétude rassurante. Claire attendait que Raphaël lui dévoile les raisons de ce dîner. Mais avant, elle tenait à le questionner sur l'avancement de l'enquête.

— Raphaël, en savez-vous aujourd'hui un peu plus qu'hier ?

— Je progresse, madame Derran, je vous ai promis de résoudre cette sordide affaire !

— Soyez gentil Raphaël, appelez-moi Claire, il m'avait semblé vous avoir entendu dire que nos rapports avaient migré dans une autre sphère…

— C'est vrai, vous êtes maintenant associée à la recherche de la vérité.

— C'est pour cela que vous souhaitiez me rencontrer, vous avez peur que je vous trahisse ?

— À aucun moment je n'ai imaginé que cela puisse-être possible. J'ai une totale confiance en vous !

— Alors, c'est que vous avez besoin de moi !

— En effet, j'ai besoin que vous me rendiez un service…

— Quel qu'il soit, je vous l'accorde, car il ne peut s'agir que de faire la lumière sur la mort de mon compagnon n'est-ce pas ?

— En effet, mais à terme uniquement !

— Je ne comprends pas, expliquez-moi.

Raphaël lui exposa les phases du plan qu'il avait conçu pour éviter d'éveiller les soupçons de la sécurité intérieure et du juge antiterrorisme qui venait d'être désigné. Il lui livrait le dossier d'enquête dans son intégralité, c'était à cette seule condition qu'il entrevoyait la collaboration pleine et entière de Claire… Ne rien lui cacher était aussi la respecter, saluer son intelligence et honorer sa peine.

Il voulait plus… En explicitant le chemin périlleux qu'il avait prévu d'emprunter, il voulait aussi lui témoigner de sa totale confiance et empathie.

— Avant, la plupart des assassinats et des crimes violents étaient faciles à résoudre, un mari jaloux, un meurtre crapuleux ou une crise de folie… Les mobiles se trouvaient être toujours les mêmes. De nos jours, tout s'accélère et se confond, violence gratuite, règlements de comptes, crimes sexuels, menaces de mort sur les réseaux sociaux et j'en passe…

— Celui d'Arnaud semble donc échapper à votre liste n'est-ce pas ?

Il eut envie de la réconforter, mais il sentit que la peine qui l'habitait était encore trop vive et intime, alors il s'abstint de toute initiative.

— Ici, on a voulu éviter un scandale d'État et cela s'est transformé en tragédie… « Il » se pensait tellement puissant et intouchable, qu'il en a oublié la plus élémentaire prudence !

— De qui me parlez-vous, Raphaël ?

— Je ne sais pas encore son nom, mais je me rapproche de lui ! C'est pour atteindre cet objectif que j'ai besoin de votre appel au calme et à la dignité la plus stricte pendant la manifestation de demain.

— Je ferai ce qui vous paraît vital, je posterai cet appel dès ce soir… Moi aussi Raphaël, j'ai une totale confiance en vous.

Revivifié par ces paroles comme s'il avait reçu un seau d'eau glacée, il allait se livrer un peu plus… Ce n'était pas seulement pour la justice qu'il se battait, c'était aussi pour cette femme… Si de tels actes pouvaient se concevoir dans un pays comme la

France, c'est que ce pouvoir était déjà en voie de décomposition avancée.

— Si je m'écoutais, je lui ferais payer son méfait de mes propres mains, répondit-il, rageur. Mais c'est un luxe que je ne puis m'offrir.

— Raphaël, jamais je ne vous demanderai une chose pareille, je vous estime trop !

Ils restèrent jusqu'à la fermeture… Claire n'avait pas projeté de participer au rassemblement du lendemain place de la République. Ils discutaient comme un simple couple qui voulait profiter de cette soirée qu'il percevait comme particulière.

— Vois-tu Raphaël, j'aspire à plus de paix intérieure… Je supporte de vivre, car il n'aurait pas aimé que j'abandonne. Il était d'un optimisme forcené, il ne supporterait pas que je m'arrête… Le matin, quand j'ouvre les yeux pendant cette seconde qui précède l'éveil de ma mémoire, je vis… Puis tout revient ! Avec toute l'horreur qui suit…

Raphaël l'avait raccompagnée chez elle sous une légère pluie…

À la grande satisfaction de Tona, la manifestation qui avait rassemblé énormément de monde s'était déroulée sans aucun incident notable. Le brunch dominical avait été l'occasion pour Raphaël de raconter à ses amis les spectaculaires rebondissements de la semaine écoulée. Il ne leur avait rien caché et une fois passés les rires et les ricanements provoqués par la confrontation avec le juge, ils s'inquiétèrent des conséquences prévisibles pour Raphaël !

René fut le premier à réagir.

— Tu as bien conscience que renseigner madame Derran comme tu le fais comporte de multiples risques ?

— Je t'avoue avoir agi sans vraiment y avoir réfléchi ! Mais je suis sûr de sa fiabilité…

— Cette femme t'a ému dès votre première rencontre, je m'en suis immédiatement rendu compte. Elle a ouvert une porte que tu pensais avoir bien verrouillée ! Ne te laisse pas dépasser par tes sentiments, cela s'avérerait catastrophique… Intervint Nathalie.

— Raphaël, à l'inverse de Nathalie et de René je ne vais pas te mettre en garde, j'ai confiance en ta lucidité. Cette affaire te touche au-delà même de l'enquête criminelle… Elle convoque des fantômes avec lesquels tu te bats depuis ton enfance. Tu t'endors toujours avec la lumière allumée n'est-ce pas ? Je suis certain de ne trahir personne ici en te disant que nous serons toujours à tes côtés quoi que tu décides.

— Toi, c'est psychothérapeute que tu aurais dû être, et non prof de philo, Ben ! Vas-tu nous faire entendre cet enregistrement ? Finit par claironner René.

Sitôt l'écoute du document sonore terminée, Nathalie questionna précipitamment Raphaël :

— Que peux-tu faire avec ça ?

— Pas grand-chose… Chacun est libre de donner du temps et de l'argent pour soutenir un candidat. Les entreprises, elles, n'en ont plus le droit, mais leurs cadres peuvent y apporter leur expertise, « sur leur temps libre » évidemment !

Raphaël venait de mettre le doigt sur la principale difficulté à laquelle il était confronté, il savait que cet élément du dossier ne suffirait pas à lui donner l'avantage…

La justice a besoin de preuves matérielles indiscutables et l'enregistrement de cette réunion dont tout le monde pouvait comprendre qu'il s'agissait du soutien financier de grosses entreprises n'apportait pas la preuve formelle d'un financement occulte ! Il manquait toujours une pièce au puzzle.

Le rapport sur les obsèques du blogueur venait d'atterrir sur le bureau du juge Ferrand… Il était accompagné des photographies qui couvraient l'ensemble de la cérémonie.

Fournier n'avait rien indiqué de particulier quant à la proximité qui semblait s'être installée entre Claire et le commissaire.

Ce dernier savait néanmoins que les clichés pourraient intriguer le juge et lui donner une occasion de chercher des poux à Tona ! Il n'en avait pas fallu plus au magistrat pour ordonner une perquisition au domicile de Claire Derran. Perquisition qui fut confiée à la police judiciaire de Versailles. En tant qu'enquêteur principal, Tona fut informé par Ferrand lui-même, du document trouvé chez Claire lors de la perqui's. Le juge jubilait. Il pensait, avec cette prose, tenir suffisamment d'éléments pour étayer son obsession d'un complot contre la sécurité intérieure.

Claire serait très certainement convoquée et peut-être même mise en examen… Cela semblait dans la logique des choses. Raphaël devait la rencontrer au plus vite et en toute discrétion… Une fois encore, il sollicita René pour mobiliser son ami Roger de la DGSE. Claire n'avait pas l'habitude de ces pratiques d'agent secret. Désorientée par la perquisition de son domicile, c'est avec difficulté et méfiance qu'elle s'était prêtée à ce jeu de cache-cache. René s'était pourtant présenté comme le messager de Raphaël qui lui avait donné quelques mots clés susceptibles de la rasséréner.

— Raphaël que signifie ce jeu de piste et pourquoi cette perquisition de mon domicile ?

— Le juge se sert de vous pour m'atteindre moi !

— Pour quelle raison ? En quoi suis-je concernée ?

— Une photo prise au Père-Lachaise vous montrant, la tête sur mon épaule…

— Je vois, mais cela peut facilement s'expliquer !

— Je crains bien que l'occasion vous en soit donnée très rapidement…

— Raphaël, à quoi dois-je m'attendre ?

— Vous ne risquez rien, ce n'est que de l'esbroufe… Le juge fait feu de tout bois pour me déstabiliser. Claire, pourquoi ne pas m'avoir parlé de cette diatribe d'Arnaud contre le pouvoir découvert à votre domicile ?

— Parce que c'était un brouillon qu'Arnaud avait écrit sous le coup de la colère comme il pouvait le faire de temps à autre. Quand il était remonté, sa manière de dire les choses était plutôt abrupte et sans filtre…

— Vous vous rappelez les termes employés ?

— Pas dans leur totalité, mais j'ai le souvenir des thèmes abordés… Je comprenais son ressentiment. Ses remarques étaient justes. Mon regard avait pour but de les rendre audibles en évitant la caricature.

— Ils vont se servir de cette prose pour discréditer Arnaud ! Vous allez être convoquée par le juge. Restez sur cette ligne.

Claire Derran venait de s'asseoir face au Juge d'instruction. Celui-ci lui indiqua qu'il avait la charge du dossier sur l'homicide de monsieur Arnaud Vinckler ainsi que les raisons de sa convocation. Après s'être fait confirmer les noms, prénoms, date et lieu de naissance de Claire, l'audition pouvait commencer. Le juge prit un scellé contenant une feuille dactylographiée qu'il montra à Claire Derran.

— Reconnaissez-vous ce document, madame Derran ?

— Oui, c'est un texte écrit par Arnaud qu'il m'a donné à lire pour correction.

— Pour la bonne marche de cette audition, je vais demander à ma greffière de le faire figurer dans sa totalité au procès-verbal…

« Texte de monsieur Vincker trouvé chez madame Derran, Scellé 23/0005/07. »

Un exécutif en totale perdition…

Devant le conseil de sécurité, un ancien Premier ministre disait :

« Dans ce temple des Nations Unies, nous sommes les gardiens d'un idéal, nous sommes les gardiens d'une conscience. La lourde responsabilité et l'immense honneur qui sont les nôtres doivent nous conduire à donner la priorité au désarmement dans la paix. »

C'était il y a plus de vingt ans…

Notre vieux pays qui s'affiche comme un modèle de démocratie et de modernité se gouverne toujours par le renoncement à la transparence de la vérité parce que, ne pas nommer le mal permet de conserver le pouvoir… Et c'est toujours le terrible choix que font nos élus.

En guise de gouvernance, ils nous agitent des hochets comme on le fait avec à des enfants pour les détourner de leur agitation et les ramener au calme… Affolé par quelques gilets de couleur. « Il » a cru s'en sortir avec le grand débat. Fusil à un coup, car initiative suivie d'aucune mesure concrète ! Les Français ne mordront plus à l'hameçon.

Acculé, « Il » a ressorti les Grenelles, les réunions, les plans d'urgences, les assises de toutes natures qui reprennent à chaque fois ce qui a déjà été cent fois détaillé dans les livres blancs précédents… Et la dernière fulgurance à la mode ! Le numéro vert, qu'il a lui-même tenté d'appeler. Et ça a fait des études !

J'allais oublier les conventions citoyennes où de naïfs citoyens pensent encore que leurs paroles vont compter.

Comment comprendre qu'après autant d'attaques abjectes comme, entre autres, l'assassinat d'enfants et la décapitation d'un hussard de la république, aucune réaction politique digne de ce nom n'ait été engagée pour que cesse l'innommable.

Ces dix dernières années, 271 de nos concitoyens ont été sacrifiés. On nous a promis un nouveau monde avec sa

République exemplaire et on a hérité des intrigues les plus sordides… Passe encore les turpitudes de ce fou du roi déguisé en policier, des retours financiers considérables concédés à des cabinets de conseils ! L'ignominie fut atteinte avec la Robespierre du parti majoritaire choisie par le Président lui-même, qui a cru pouvoir disposer à sa guise du « Fonds Marianne ».

Elle aurait pu montrer un peu de dignité en démissionnant, non elle a profité jusqu'au bout des avantages servis par le pouvoir. Merci à cette République aux mécanismes irréprochables…

Comment peut-on concevoir de nommer ministre de la Justice un avocat qui a défendu le logisticien qui a permis l'exécution à bout portant d'une fillette de 8 ans et d'un petit garçon de 3 ans.

Choisis sur le seul critère de l'amateurisme dont ils devaient se sentir fiers, les députés LREM ont été surpris que la colère s'habille en jaune… Cette France des oubliés qui voulait juste dire :

« On veut vivre de notre travail et permettre à nos enfants d'entrevoir un avenir plus heureux. »

Que dire de la marionnette du perchoir si ce n'est que les fils qui lui permettent de se mouvoir et de remuer les lèvres paraissent invisibles ! À n'en pas douter, il y a un magicien au Château…

Elle découvre avec naïveté que la constitution permet de museler le peuple et comme une enfant bluffée par la perversité des adultes, elle accepte d'en être le jouet !

Continuer à ignorer 70 % de la population qui refusent une réforme injuste, présentée et défendue par des bonimenteurs ne peut conduire qu'à une explosion de colère.

Pendant des mois des « soi-disant sachant » ont dit tout et son contraire sur la Covid. Le monstre pharmaceutique, qui a engrangé des milliards, était pourtant connu pour avoir été lourdement condamné pour pratiques commerciales frauduleuses et atteintes aux droits des hommes. Alors il y a eu la parole de l'Oracle rappelant que la liberté des uns s'arrêtait où commence celle des autres. Argument d'un mauvais collégien qui triple sa troisième…

Rappel de mon billet d'humeur sur cette affirmation :

« Monsieur le Président, où commence la liberté de ces millions de familles qui, dans nos banlieues, sont harcelées dans leur quotidien par des bandes de dealers, empêchant simplement leurs enfants de jouer au bas des immeubles en toute sécurité ? Je comprends qu'il soit plus facile de culpabiliser d'honnêtes Français se rendant au restaurant plutôt que de s'opposer à de vrais malfrats. »

Quant aux successifs, porte-parole… Ce fut un concours du plus gros mensonge qui nous ait été donné d'entendre !

Desmond Tutu disait : « Quand on est à bout d'arguments, on hausse le ton… »

Mettre en place des mesures qui visent à différencier les citoyens entre eux est méprisable !

Article 35 de la Déclaration des droits de l'homme.

« Quand le gouvernement viole le droit des peuples, l'insurrection est pour le peuple le plus sacré des droits et le plus indispensable des devoirs. »

Enfin que dire d'un Président dont les agissements montrent de manière factuelle qu'il agit comme un vieil adolescent qui n'a pas réglé son œdipe et qui joue aux Legos avec la France.

« Fin du document saisi chez madame Derran. »

— Madame, avant de vous questionner sur le texte issu de la perquisition, je voudrais que vous me donniez une explication concernant cette photo ?

Le cliché montrait Claire Derran la tête sur l'épaule du commissaire Tona !

— Je venais d'enterrer mon compagnon tué pour des raisons que j'ignore encore… Le commissaire Tona s'est montré attentif et respectueux et à la fin des obsèques je lui ai confié mon désespoir. Ma tête sur son épaule ne signifie rien d'autre que l'écrasante fatigue qui était la mienne en cette difficile fin de journée.

— Avez-vous participé à la rédaction de ce texte trouvé chez vous ?

— À aucun moment, Monsieur ! Mon rôle se bornait à corriger les fautes et adoucir certaines tournures de ses billets d'humeur. D'ailleurs, un certain nombre de thèmes évoqués dans ce texte ont fait l'objet d'envoi de mail à tous les députés de la majorité.

— Les attaques ad hominem sont de nature à porter préjudice et voire à saisir la justice…

— Dans aucun des billets publiés par Arnaud il n'y avait de mensonges, sans quoi il aurait déjà fait l'objet de nombreuses poursuites.

— Êtes-vous d'accord avec tout ce qui est dit par monsieur Vincker dans ce texte ?

— Voyez-vous, Monsieur le Juge, il fut un temps où il était possible pour certains de dire qu'ils ne faisaient qu'appliquer les ordres… Ce temps me paraît révolu… Aujourd'hui, suivre aveuglément un ordre c'est aussi en accepter les conséquences et en être comptable. Pour revenir précisément à votre question, sur l'essentiel je suis en accord, mais Arnaud n'aurait jamais publié ce réquisitoire tel qu'il est rédigé ! Mon travail était justement d'atténuer la violence des mots pour que le propos soit le plus porteur possible.

— Il défend ceux qui ont résisté face à la vaccination obligatoire…

— Avez-vous la même opinion ?

— Je pense que la contrainte assortie de mesures restrictives est contraire à ma conception de la liberté.

— Il insulte de façon reconnaissable un bon nombre d'élus et de ministres… Quelle est votre opinion ?

— Eh bien, factuellement, il a été démontré que de nombreux mensonges ont jalonné les débats à l'assemblée sur la réforme des retraites par exemple. Sans vergogne, ils ont été repris par la parole officielle. S'agissant de son appréciation du ministre de la Justice, j'ai, comme vous, je veux l'espérer, été horrifiée par la tuerie dans l'école Ozar Hatorah. Alors constater que celui qui a défendu la personne qui a permis à ce monstre de perpétrer un tel acte soit aujourd'hui un ministre de la République est inconcevable pour ma modeste intelligence. Mais je ne suis qu'une enseignante…

Le juge eut un mouvement de réprobation et faillit interrompre le témoignage de Claire, mais il se reprit immédiatement.

— La dernière affirmation de ce document s'adresse au Président de la République et peut parfaitement se concevoir comme un outrage ! Qu'en pensez-vous ?

— Je ne l'aurai pas écrite comme cela…

Le juge resta silencieux un long moment, sa greffière finissait de noter les réponses de madame Derran. On le sentait indécis sur la nécessité de continuer ou pas l'audition. Son agacement avait été perceptible bien quelquefois et il s'en était rendu compte. Tenter une fois encore de mettre son interlocutrice en difficulté au regard d'un texte dont elle n'avait écrit aucune ligne finirait par le desservir et il en avait conscience !

— Madame, je vous demanderai de bien vouloir relire votre déposition et de signer le procès-verbal. Je vous informerai dans les prochains jours de la suite que j'entends donner à cette affaire. Je vous remercie de vous être présentée… Au revoir.

Tona avait été informé que le juge ne prendrait aucune mesure restrictive contre Claire Derran et qu'il gardait la maîtrise de l'enquête. L'audition de Claire avait démontré qu'elle n'avait en rien participé à la rédaction du document incriminé. Il ne lui était donc plus nécessaire de prendre des précautions pour la rencontrer.

Chapitre IX

Depuis l'intrusion au domicile de Claire et la découverte de l'enregistrement chez sa belle-sœur, Tona voulait comprendre la raison de cette convocation à Bruxelles ! Il avait en mémoire les remarques de Mélanie dans la voiture qui les ramenait vers Paris et son scepticisme quant aux affirmations de la sœur du cambrioleur présumé…

Pour Tona, il devait forcément y avoir une explication, sinon toute cette mise en scène pour une expédition hors de France n'aurait eu aucun sens… Cette jeune femme agissait avec la certitude de détenir le moyen de monnayer une demande d'indulgence à l'égard de son frère.

Il adressa un message au numéro contact qui lui avait été remis, il devait trouver le moyen de remplir cette poche du billard qui venait de se vider.

« Madame, il y a du nouveau, merci d'accepter de me rencontrer le plus rapidement possible…
À Paris ou dans sa banlieue. »

La réponse ne tarda pas : « Cité des 4000 à 23 heures chez Malek. »

Au siège du 36, les mulets travaillaient à décrypter les éléments constitutifs de l'enregistrement, principalement en analysant les quelques bribes de conversation qui permettraient peut-être d'identifier les personnes ou les entreprises représentées. La tâche s'avérait des plus ardues tant les précautions prises rendaient la chose quasiment impossible…

Tona les informa de sa prise de contact avec son informatrice belge et du rendez-vous proposé le soir même. Thomas et Aurélien approuvèrent l'intention de s'y rendre avec Mélanie qui avait fait partie de la première aventure, mais ils insistèrent pour être en renfort à proximité au cas où. Il leur assura qu'il ne courait aucun risque, mais accepta le principe d'un dispositif de soutien…

Il prévoyait de solliciter Kamel et son cousin Djamel pour garantir la couverture de ses deux coéquipiers dans la Cité des 4000. Par souci de transparence, il informa sa correspondante qu'il serait accompagné comme la première fois, de la même collègue…

— Mélanie, Henri m'a téléphoné au saut du lit pour m'informer d'un fait étrange sur le net… Comme tu le sais, j'ai tendance à fuir les réseaux sociaux.

— Vous devez être le seul alors ! Depuis hier, plus de quinze millions de visites ont eu lieu sur le site dédié à Vinckler, du jamais vu pour un type dont la seule activité consistait à décortiquer l'action politique.

— Mélanie, s'il te plaît, une seule chose à la fois… Je vais d'abord m'occuper d'organiser les conditions d'un dispositif terrain sécurisant pour les garçons autour de la rencontre de ce soir.

La perquisition du domicile de la compagne du blogueur avait fuité et la nébuleuse numérique venait de s'emballer. Vinckler devenait plus important qu'il ne l'avait jamais été. Sa mort avait cristallisé toutes les colères qui, en se déversant au même moment, provoquaient un tsunami sur la toile.

De nombreux réseaux sociaux bouillonnaient. Les nouveaux venus s'enthousiasmaient pour ce lanceur d'alerte et découvraient du jour au lendemain son travail de résistant face au pouvoir. On assistait à une situation inédite.

Le grand public qui le connaissait à peine il y a une semaine s'était pris d'affection pour ce martyr de la cause dont il découvrait, avec amusement, les mails adressés aux députés.

Les messages de sympathie affluaient de toutes parts.

Même si Tona se félicitait intérieurement de cet engouement, cela n'arrangeait pas ses affaires, lui qui avait projeté d'avancer masqué.

Il voulait garder pour lui certaines informations. Ce seul détail de la perquisition aurait pu lui permettre de conserver la maîtrise du temps. La sécurité intérieure n'avait pas besoin de cette nouvelle alerte d'un mouvement grandissant pour devenir plus encombrante encore…

Ce n'était pas la stratégie d'ensemble à laquelle Raphaël avait pensé, mais la machine était lancée et il lui fallait faire avec maintenant, et surtout éviter les pièges que Tarrin avait certainement déjà mis en place !

Il espérait que son hacker lui apporte rapidement de quoi reprendre la main !

Raphaël avait suggéré à Djamel un déroulement simple et vraisemblable pour justifier de la présence de ses deux mulets dans la cité. Elle devait paraître d'une totale banalité…

Djamel les accueillerait tôt, en fin d'après-midi, pour qu'ils soient vus ensemble déambulant naturellement comme de vieilles connaissances avant qu'ils aillent tous dîner chez lui. Ainsi serait justifiée une promenade digestive toujours accompagnée de Djamel aux alentours de l'heure fixée pour le rendez-vous sans que personne ne puisse trouver curieuse leur présence si tardive…

Raphaël venait de rejoindre ses acolytes pour leur détailler le dispositif élaboré et aussi leur rappeler, pour la forme, toutes les consignes d'usage en matière d'infiltration, même s'il était certain que les risques seraient nuls. Il devait toutefois respecter la demande de son groupe qui avait accepté de le suivre dans cette galère. Les garçons devant dîner chez Djamel, Mélanie proposa sa table à Tona, ce qu'il accepta avec un empressement non dissimulé.

René, assis sur la pierre tombale de son épouse, relatait les derniers plans que Raphaël s'apprêtait à finaliser avec les mulets.

— À l'évidence, il les a bien recrutés, et ils se sont tous engagés à le soutenir malgré sa navigation sans véritable boussole… Tu connais le proverbe :

« Un flic ; ça ferme sa gueule ou ça démissionne ! »

Celui qui réussira à museler ce fou de Raphaël ne travaille sûrement pas dans la police…

Ce qui m'inquiète, vois-tu, c'est la direction qu'il prend… Visiblement, il est disposé à sacrifier sa carrière, je crois qu'il se met inutilement en danger… Quelquefois, j'ai l'impression que pour lui tout cela n'est qu'un jeu…

Cette affaire l'obsède, les raisons en sont multiples ; la femme dont on a involontairement tué le compagnon l'a ému profondément et sa blessure s'est rouverte. Il en souffre, cela est manifeste, même Nathalie le lui a fait remarquer !

Benjamin, si empathique d'habitude, a lui aussi exhumé quelques souvenirs difficiles, Raphaël est capable de tout remettre en cause, on le sent au bord d'un précipice, comme s'il voulait à lui seul expier une faute qu'il tient à s'attribuer en totalité !

— Non, je n'y crois pas, on ne le changera plus à son âge, il reste le même petit con qui nous a séduits avec ses facéties de gamin et qui n'est jamais vraiment sorti du monde qu'il s'est construit pour affronter la vie !

Derrière tous ses mensonges, ses faux-semblants, ses révélations fantasques, ses doutes dont il nous a si souvent inondés, il y avait toujours l'intrusion d'une vérité qui se cache quoi qu'il arrive !

— Toi-même, tu l'as immédiatement aimé pour cette singulière personnalité qui le rendait si attachant. René se remémore tous les détails qui se remarquent à peine quand Raphaël surjoue. Le choix de ses mots et son habituel sens de l'humour révèlent « l'humain » doté d'une intelligence réelle.

— Il pense d'abord aux autres. Et même si nos convictions politiques se sont trouvées en opposition, j'ai toujours été impressionné par la force de ses engagements. Sa sensibilité à fleur de peau donne de la justesse à ses analyses dans de nombreux domaines, même si elles semblent parfois utopiques dans leur mise en œuvre, mais restent néanmoins choquantes…

René hésitait à préciser ses pensées, mais il en avait déjà trop dit…

— En prévision de la tenue des Jeux olympiques, l'exécutif commencerait à déplacer tous les sans-abri pour rendre les rues de Paris plus « coquettes » comme on se débarrasserait des détritus après une grève des éboueurs ! Mais il y a plus de deux mille enfants qui dorment dans la rue. Que vont-ils devenir ? Cela doit interpeller chacun d'entre nous… Cette info se trouvait dans un des derniers billets d'humeur du blogueur… J'aimerais d'ailleurs vérifier cette affirmation…

Comme à l'habitude, René prenait soin de parfaitement nettoyer la tombe de son épouse avant de lui faire un nouvel au revoir…

Raphaël avait projeté d'arriver de bonne heure chez Mélanie. Il voyait là une nouvelle occasion de lui confier de nouveaux états d'âme et de retrouver cet agréable moment de complicité qui lui avait tant plu dans le train et qui l'avait en partie soulagé…

Ses premières confidences avaient permis d'installer d'autres rapports et il espérait revivre cette proximité à l'occasion de ce dîner. On lisait une curieuse lassitude sur son visage et de la détresse dans ses traits. Ses rides s'étaient approfondies. Il souriait légèrement, mais sans entrain…

Mélanie s'en préoccupa et lui en fit la remarque.

— Raphaël, vous semblez exténué, cette enquête est en train de vous dévorer de l'intérieur…

— C'est possible Mélanie, mes nuits sont de plus en plus tourmentées !

Elle avait déjà perçu la fatigue psychologique de son supérieur et en avait tenu compte depuis quelque temps. Leur escapade et le tête-à-tête qui s'en était suivi lui avaient permis d'aborder les failles intimes et les doutes qui le traversaient. Son invitation à dîner se voulait certes sincère, mais le but en était tout autre.

Mélanie voulait lui permettre de se livrer une fois encore… et revenir sur sa quête intime.

— Raphaël, vous avez une tête à faire peur, il faut décompresser. À ce rythme, vous n'allez pas tenir encore longtemps !

— Toi aussi tu as remarqué ? Je tiendrai autant que nécessaire…

Même s'il répugnait à le montrer, ses convictions et son sens de l'honneur le poussaient naturellement à protéger ceux qu'il aimait.

— Je n'ai aucun doute là-dessus, mais c'est avant tout à vous que je pense ! Vous semblez perdu, comme si vous n'aviez plus la foi…

— Tu as raison, elle s'estompe peu à peu. La justice ne peut même plus affirmer son indépendance. L'argent efface tout, le droit des hommes n'est plus la priorité. La force, la puissance et le pouvoir ont raison de nous. Alors oui, il nous reste le choix de mourir en prenant les armes contre toutes formes de tyrannie.

— Vous ne croyez plus en un avenir où le partage avec les plus faibles serait possible ?

— Viendra un temps où les pillages de supermarchés accompagnant les émeutes ne seront plus le fait de gamins qui s'ennuient, mais l'expression d'une colère bien légitime de toute une partie des laissés-pour-compte que ce Président n'a pas cessé de mépriser et d'insulter.

— Je n'ai pas votre expérience politique, mais il me semble que vous noircissez volontairement le tableau, ce pouvoir tente des choses !

— Il nous le fait croire en effet… On nous dit que l'on va traquer ceux des plus riches qui intriguent pour échapper au fisc… Après le cadeau fait aux grandes fortunes, les outils mis en place pour récupérer l'argent des fraudeurs n'ont fait rentrer qu'à peine 2 % des sommes soustraites à l'impôt. Le plus impressionnant, c'est le satisfecit que s'attribue ce gouvernement. Il est vrai que trouver une action inefficace à 98 % constitue une réussite record pour ces protecteurs des puissants.

— Vu sous cet angle, je comprends votre désarroi !

— Mélanie, je sais que tes compétences en psychologie s'articulent avant tout autour de la psychocriminologie, mais depuis que tu m'as tiré les vers du nez, tu es, de fait, devenue ma seule confidente… Et si tu avais la gentillesse de m'écouter encore une fois ?

Raphaël désirait lui confier ce rêve bouleversant qui l'avait, pour la première fois depuis sa rupture avec sa compagne, amené à prendre par un chemin détourné, des nouvelles d'elle.

— Vous savez combien je vous apprécie et si je peux vous aider à soulager vos tourments, j'en serai la première heureuse… Je suis en effet psycho-criminologue. J'analyse les déviances nées des traumatismes infligés aux enfants… Il y a tant de parents dysfonctionnels qui fabriquent des monstres que le travail ne manque pas. Il n'y avait pas au programme de ma formation de module : « Ruptures amoureuses », mais je vous écoute !

— Je me retrouve dans un endroit qui ne m'est pas inconnu, mais que je ne réussis pas à identifier, si ce n'est qu'il me semble que nous nous y retrouvions de temps à autre… À ma grande surprise, elle est là, mais affiche un comportement erratique.

— Ce sont des images dont vous avez gardé un souvenir précis ?

— Oui, parfaitement, elles sont restées très nettes au matin… Je m'approche d'elle, je lui demande si elle a bu et si elle a cinq minutes à m'accorder ? À cet instant, elle s'enfuit… Je comprends qu'elle ne souhaite pas me parler et je m'apprête à la laisser tranquille.

— Mais vous n'êtes pas parti ?

— Non… Il semble que je change d'avis… Et, dans un mouvement qui ressemble plutôt à une prise de lutte gréco-romaine, elle m'attrape et me plaque au sol. Immobilisé, elle me lance : pourquoi tu ne m'as pas épousé ?

— Vous lui répondez immédiatement où vous hésitez ?

— Sa question me fait mal, je la serre très fort dans mes bras : « Si tu savais à quel point j'aurais aimé t'épouser ? » Et j'entends : « Moi, je savais combien je t'aimais ! »

— Raphaël, il est vrai que je vous connais un peu mieux grâce à vos premières confidences. Cette rupture, que vous avez décidé seul, vous fait souffrir et sans doute ce rêve est la punition que vous vous infligez. Vous vous reprochez la fin de cette histoire !

— Tu penses que c'est une façon de me rappeler ma fuite ?

— Je crois que vous voulez lui faire porter une part de responsabilité, car la vôtre devient trop lourde… Alors tout cela s'exprime par des rêves qui se voudraient réparateurs.

— Pour quelqu'un qui n'avait pas eu au programme « Ruptures amoureuses », tu t'en sors pas mal !

— Pourquoi refusez-vous tout contact depuis cette rupture ? Clarifiez une bonne fois pour toutes les véritables raisons de cette séparation… J'aimerais comprendre le pourquoi du refus d'une explication ?

— Sans doute ai-je craint de m'entendre dire que cet abandon apparaissait comme la seule solution aux problèmes liés à ma désinvolture passée…

— Et plutôt que de le vérifier, vous avez pris vos jambes à votre cou pour vous carapater ?

— Où veux-tu en venir, Mélanie ?

— Nulle part en particulier, Raphaël… Mais si tu n'es pas allé à la confrontation, c'est que tu estimais que celle-ci était inutile. Ta décision était déjà prise et tu as eu peur d'être obligé de révéler les vraies raisons de ton mal être….

Le passage au tutoiement de Mélanie ne lui avait pas échappé…

— Bon… Revenons sur terre, quel est le menu ?

— Je vois… Lapin à la moutarde, je crois me rappeler que vous aimiez ça…

L'heure du rendez-vous était proche, le brouillard venait d'envelopper la cité. La lueur des candélabres n'était plus qu'une suite de halos vaporeux. Il n'y avait pas long à marcher et très rapidement, ils pénétrèrent dans le salon-cave aménagé.

Dès leur arrivée, Malek fit les présentations… Myriam, la sœur du malheureux cambrioleur.

— Bonsoir, Madame, avant tout je veux être parfaitement honnête avec vous dans l'espoir que vous le serez aussi avec moi. Il se trouve que la personne qui a sollicité votre frère m'est connue… Elle aussi, par loyauté, ne souhaite pas livrer l'identité du recruté sans une garantie et la prise en compte du donneur d'ordre.

— C'est plutôt une bonne nouvelle, j'avoue que je n'en espérais pas tant !

— Dites-moi, Madame, sur quelle certitude m'avez-vous assuré détenir un enregistrement ?

Myriam sortit de sa poche une lettre dactylographiée et la présenta au commissaire en lui indiquant que son frère l'avait trouvée chez Vinckler. Tona prit la lettre pour la lire à haute voix…

Elle était adressée à monsieur Vinckler.

« Monsieur, j'ai pu prendre connaissance des nombreux mails que vous avez adressés aux députés de la majorité et j'en ai apprécié la pertinence. Comme vous, je crois que cet exécutif et son Président sont les pires qu'ait connus la cinquième République. Pas seulement en raison de l'amateurisme qui les caractérise, mais surtout par le mépris et l'arrogance affichée par leur chef à l'égard des Français.

Vous trouverez dans la clé ci-jointe un enregistrement d'une rencontre avec le mandataire du candidat de ce "nouveau parti" et les chefs d'entreprise d'importantes sociétés. Et moi-même, représentant un substantiel cabinet de conseil. Contrairement aux éléments de langage débités par les porte-parole de ce mouvement de la majorité, beaucoup d'entre nous ont participé à la réussite de la campagne par notre action et sur notre temps professionnel.

La presse s'est fait l'écho de l'importance du retour financier dont nous avons bénéficié. Je ne manquerai pas de suivre la manière dont vous allez exploiter ces informations. »

Cette lettre n'est pas signée…

— Le cambriolage du domicile de madame Derran avait pour but de mettre la main sur cet enregistrement qui n'avait pas été trouvé auparavant ?

— C'est exact, et je suis désolé de vous avoir menti !

— Évidemment, vous n'avez aucune idée de qui peut-être cette personne ?

— Aucune en effet !

— Mélanie, qu'en penses-tu ?

— Le point positif est que ce correspondant anonyme n'en restera pas là, il va reprendre contact, c'est écrit…

— Vous le pensez vraiment ? intervint Malek !

— Ma collègue a raison, cette première lettre en appelle sans aucun doute une autre !

— Alors en toute logique, elle devrait s'adresser à la compagne de monsieur Vinckler, conclut Myriam…

— Nous verrons bien… Attendons pour savoir.

Tona remercia Myriam et Malek pour la confiance qu'ils lui avaient témoignée, promettant de rester vigilants dans les prochains jours et de les informer si des éléments nouveaux devaient surgir. Avec Mélanie, ils rejoignirent Thomas et Aurélien en planque à proximité et décidèrent de se retrouver autour d'un verre avant de se quitter.

Dans son bureau du 36, Tona tournait comme un lion en cage. Il attendait un signe du hacker qui lui avait promis un retour rapide… Il n'eut pas longtemps à patienter, le secrétariat venait de l'informer qu'une enveloppe l'attendait à la réception. Il s'y précipita et prit connaissance des instructions qu'elle contenait… Puis, dans la foulée, il déchira l'ensemble et prit soin de mettre tous les petits morceaux dans sa poche.

Avant de rejoindre le point de rendez-vous fixé, il passa par le bureau de son divisionnaire pour le rassurer sur la bonne marche du plan. En sortant, il croisa Tarrin qui venait voir Demarle, sans doute pour évoquer les conséquences de la mission avortée qui avait été confiée à son fils Julien !

Tona ressentit une furieuse envie de rester à proximité, mais il devait profiter du fait que le directeur de la sécurité intérieure soit dans les locaux du 36 pour filer à la rencontre du hacker.

Au passage, il demanda aux deux garçons de suivre Tarrin une fois son entretien avec le divisionnaire terminé.

« Je veux tout savoir de sa journée, jusqu'au retour à son domicile. »

À Mélanie de le couvrir à distance raisonnable au cas où il serait toujours sous surveillance…

Raphaël était un ancien des R.G, il connaissait la plupart des protocoles standards en matière de filature en voiture et à distance…

Il avait bien l'intention de mettre ses poursuivants à l'épreuve et permettre à Mélanie d'avoir le temps de lui garantir que personne ne lui filait le train…

Dans l'hypothèse inverse, il lui faudrait abandonner sa voiture et se rendre au point de rencontre par le métro, seul moyen de noyer ses anges gardiens dans un flot de possibilités rendant impossible tout pistage efficace.

Mélanie venait de se contenter d'un simple SMS : « prends le métro… »

Raphaël, quelque peu perdu, cherchait l'adresse exacte du rendez-vous dans une petite zone industrielle de la proche banlieue parisienne.

Il se retrouva devant un garage de réparation mécanique. Le rideau de fer était levé et l'on pouvait apercevoir un véhicule perché sur le pont élévateur. Il pénétra dans le garage, baissant instinctivement la tête malgré la bonne hauteur à laquelle le pont était positionné, et de surcroît sans passer dessous…

Il entendit que l'on frappait sur une vitre, dirigea son regard vers le signal sonore et reconnut son bonhomme à l'étage.

L'entrevue dans ce petit bureau encombré de pièces détachées qui sentait la graisse et l'huile de vidange fut expédiée en quelques minutes.

Le hacker lui remit les mails tout en signalant qu'ils émanaient tous de la cellule de crise du Château, mais qu'aucun nom ne les accompagnait. Le donneur d'ordre pouvait être n'importe qui parmi les trois ou quatre conseillers spéciaux du Président.

— Vous n'avez rien trouvé qui me permette de l'identifier ?

— La seule bonne nouvelle, c'est qu'il est indiqué clairement d'aller visiter le domicile du blogueur…

— Il est dit pourquoi ?

— Il est fait référence à un possible support d'écoute et à des documents pouvant identifier la source de la fuite.

— Que me conseillez-vous ?

— Apprenez par cœur tout ce qui est écrit là et brûlez l'ensemble… Je compte sur vous !

Tona avait espéré mieux, mais il s'en contenterait et envisageait de se servir de la confirmation principale, à savoir que la demande émanait bien du plus haut niveau. Pour le joueur de poker qu'il était, sa capacité à bluffer allait l'obliger à démontrer son savoir-faire.

De retour à la piscine, Tarrin venait de remonter les bretelles aux agents qui avaient perdu la trace du commissaire. Il devenait évident pour le Directeur de la sécurité intérieure que Tona était en possession d'informations susceptibles de gêner l'exécutif… Le risque d'une affaire d'État se profilait… Il était urgent de savoir ce que Ton savait exactement. Sa visite au Château devenait inéluctable…

Tarrin ne fut évidemment pas surpris de trouver le juge Ferrand également présent dans cette réunion de crise avec le conseiller spécial pour la sécurité du Président… Les options permettant de contrôler le commissaire furent évoquées. Il fut même demandé à Tarrin si le dossier personnel de Tona comportait certaines faiblesses permettant d'être utilisées pour le contraindre à collaborer ?

A priori, rien de cette nature n'apparaissait consigné… Aucune révélation qui soit en mesure de le mettre en difficulté. Célibataire sans enfant, les moyens de pression restaient limités… Il y avait bien quelques entorses à la loi quand il officiait dans les banlieues sensibles, mais c'était du passé…

Il fut acté que la justice pouvait de nouveau l'entendre, notamment pour avoir demandé une couverture Interpol, s'appuyant sur un mensonge qu'il avait lui-même déjà admis devant le juge… Se servir de cette procédure policière pour couvrir un déplacement personnel donnait au juge Ferrand les moyens de le mettre en examen pour : « prise illégale d'intérêt ». Ils allaient explorer cette possibilité qui apparaissait néanmoins tirée par les cheveux. Demarle venait d'arriver au 36 et le planton de service lui remit la convocation officielle pour son subordonné.

Il téléphona immédiatement à Tona pour lui demander ce qu'il avait encore bien pu faire pour attirer l'attention et se retrouver à nouveau convoqué. Raphaël lui relata le jeu de piste qu'il lui avait fallu entreprendre pour semer les chiens de garde de Tarrin. Demarle prit conscience que la partie devenait de plus en plus serrée et que certains joueurs commençaient à paniquer.

Comme lors de sa première rencontre avec le juge Ferrand, Raphaël avait pris soin d'arriver très en avance. Il attendait bien sagement devant la porte du bureau sur la banquette de skaï noir, ce cuir artificiel qui laissait une impression des plus désagréables.

Alors que l'heure du rendez-vous était déjà dépassée, il assistait à un va-et-vient des plus étonnants, on entrait et on sortait tout aussi rapidement de ce bureau.

Le juge avait-il mis en œuvre cette stratégie pour agacer le commissaire et lui montrer qu'il avait des dossiers plus urgents et plus importants que lui ? Finalement, la greffière apparut pour l'inviter à rentrer…

— Bonjour, Monsieur le Commissaire, comme je vous l'avais indiqué à l'occasion de notre première rencontre, j'ai vérifié la vraisemblance des réponses que vous avez bien voulu me faire…

Au regard des affirmations qui ont été les vôtres, souhaitez-vous revenir sur certaines d'entre elles ?

Raphaël comprit que la partie de poker entrait dans sa phase la plus délicate… Il attendit de connaître la nature exacte des cartes dont pouvait disposer le juge avant de réagir.

— Eh bien, en dehors du fait que j'ai bien conscience d'avoir été ridicule avec mon histoire de vieux beau, tout ce que je vous ai déclaré est la stricte vérité…

— C'est précisément en tenant compte de vos déclarations et de l'utilisation abusive de la procédure Interpol, que j'ai pris la décision de vous mettre en examen pour « prise illégale d'intérêt ». Je ne serai que trop vous conseiller de vous entourer d'un bon avocat. Merci de vous être présenté…

Au revoir, monsieur Tona.

Beaucoup de flics seraient sortis de ce genre d'entrevue dépités, voire inquiets… Pour Raphaël, c'était la confirmation que l'anxiété commençait à poindre en haut lieu… Le juge venait de placer sa première attaque, espérant le déstabiliser. La suite s'imaginait aisément, on utiliserait cette mise en examen comme un moyen de pression.

Tona constatait avec satisfaction la bonne marche de son plan, il voyait les choses se mettre en place et il lui semblait du coup que ses cartes n'étaient pas si mauvaises que cela, même s'il n'avait toujours rien de concret…

Les fautes possibles de l'adversaire pourraient valoriser une main qui pour l'heure ne valait pas grand-chose. Demarle attendait au 36, quelque peu angoissé par cette nouvelle convocation de Ferrand.

Tona venait de rentrer et convia son groupe à le rejoindre dans le bureau du chef pour ensuite se retrouver, tous, autour d'un verre dans la brasserie du coin.

— Aurélien, Thomas, racontez…

— Il est bien allé à l'Élysée !

Chapitre X

Ils accueillirent joyeusement la nouvelle. Elle venait mettre en évidence l'inquiétude qui dominait dans les hautes sphères quant à savoir ce que pouvait réellement détenir la Crime…

L'ultime confrontation était programmée, elle se trouvait maintenant sur des rails. L'adversaire avait avancé son premier pion en espérant que les menaces de poursuites judiciaires encourues par Tona feraient chanceler sa détermination.

Comme un cadeau tombé du ciel, l'enchaînement précipité des entrevues venait de lui fournir une énième confirmation de la vulnérabilité du camp adverse avec la démonstration criante d'une faiblesse structurelle…

Cet exécutif qui, dans sa grande naïveté, avait espéré que les débats marathons finissant au milieu de la nuit auraient permis d'endormir les Français s'était fourvoyé. Les sans-grade du stade de France, à grand renfort de sifflets, venaient lui rappeler qu'ils n'avaient rien oublié des mensonges et autres manipulations… Tona sentait l'excitation monter, mais il lui fallait se garder de se réjouir trop vite, le match n'était pas encore gagné !

Les réseaux sociaux célébrèrent bruyamment le réveil de ce peuple rebelle, comme certains l'avaient baptisé. Quant au site d'hommage au blogueur, il débordait de commentaires sardoniques.

Tona avait bien l'intention de profiter de cette nouvelle distribution des cartes pour appuyer là où ça faisait le plus mal. Il lui semblait tenir le moyen de contrer la stratégie mise en place par le cabinet noir.

Même s'il n'était pas un adepte de cette nébuleuse des réseaux sociaux, réfractaire de surcroît à utiliser certaines méthodes, il n'allait pas s'interdire cette fois-ci d'instrumentaliser la toile…

Tona était de la vieille école. Bien sûr, comme tous les flics de l'époque, il avait ses tontons, plus ou moins recommandables d'ailleurs : anciens proxénètes, braqueurs, receleurs, repentis de la gâchette, Monte-en-l'air, etc., etc., etc. Rien de vraiment très original, ils étaient tout simplement de son temps !

Son carnet d'adresses ne comportait aucun magicien de ces nouveaux outils et le hacker qu'il avait rencontré grâce à Julien n'était pas en mesure de mettre en musique ce à quoi il pensait déjà… ! Il était pourtant le seul à pouvoir l'aider, lui dénicher la perle rare capable d'enflammer le site du blogueur et d'en alimenter le flux dans la veine de Vinckler. Tona avait juste besoin d'un nom et seul l'ami de Julien pouvait le lui fournir.

Il reprit contact et lui détailla les contours de son entreprise d'infiltration… Un geek capable de répondre à sa demande devait pouvoir se trouver et pour lequel son hacker se porterait garant.

Tona se savait constamment sous la surveillance d'un dispositif renforcé. La dernière mésaventure des hommes de Tarrin avait laissé un goût amer chez beaucoup de ses agents.

Comme pour ses autres rencontres à caractère délicat, il allait user du dispositif proposé par Roger, empêchant ses anciens collègues de soupçonner quoi que ce soit ou même d'identifier le moindre de ses correspondants.

Raphaël était toujours autant impressionné par le savoir-faire de ces génies de la communication virtuelle. Cette facilité avec laquelle ils se déplaçaient en toute légèreté dans cette jungle numérique sur ces pistes tortueuses sous une canopée en perpétuel mouvement le laissait sans voix.

Il était jaloux de cette compétence à laquelle il savait ne jamais pouvoir accéder.

On venait de frapper à la porte… Raphaël fut surpris par l'élégance de son visiteur. Ses yeux, d'un noir d'encre, hypnotisaient le vis-à-vis. Une sensualité imperceptible lui donnait un charme naturel, et un sourire permanent éclairait l'ensemble.

Raphaël était subjugué. Il se surprit à engager une conversation des plus banales, comme s'il retrouvait un ami qu'il n'avait pas revu depuis des décennies. Les sujets abordés étaient sans aucun rapport avec le motif véritable de la rencontre. Leurs échanges étaient traversés de traits d'humour rassurants.

Une osmose évidente s'installait entre les deux hommes… et permit à Raphaël de s'aventurer à lui révéler le pourquoi de leur rencontre, sans précaution particulière.

Une fois développé l'ensemble du plan et précisé son engagement à sortir le fils de son divisionnaire du mauvais pas dans lequel il se trouvait, il le mit dans la confidence de ses actions depuis le début sans omettre d'indiquer que ses cibles étaient haut placées et que les risques étaient réels.

Le regard de son interlocuteur se figea, empreint d'une inquiétude visible. Il fixa Tona pendant un temps qui parut une éternité… Le silence emplissait la pièce, les premières impressions d'une relation amicale semblaient s'être volatilisées.

Il se sentait transpercé par ce regard, mélange à la fois de suspicion et curieusement aussi de soulagement.

Alors, Tona pensa qu'il ne serait pas désagréable pour cet aventurier de l'ombre de se trouver au centre d'une telle intrigue, à condition bien entendu qu'il n'apparaisse en rien dans cet imbroglio. On venait de lui proposer, de façon inattendue, de se mêler à une croisade qui consistait à aider un flic à confondre les vrais responsables d'un drame… aux ressorts politiques…

— Donc, vous souhaitez que je craque une allumette et que j'en alimente la combustion régulièrement ? Et vous pensez pouvoir affoler l'exécutif avec ça ?

— C'est précisément mon intention, en veillant à ne pas vous faire démasquer !

— Il me faudra créer des profils différents, utiliser des appareillages spécifiques aux abréviations barbares pour brouiller les provenances… et enfin, qu'on m'alimente en produits inflammables.

— Ne vous inquiétez pas pour ça, on ne s'appuiera que sur des éléments factuels servis par la médiocrité des gouvernants… Ils sont tellement mauvais et prévisibles que l'on aura que l'embarras du choix.

Plus les échanges progressaient, plus la sympathie revenait. Tona lui reconnaissait de grandes qualités de générosité et de tolérance, ce qui l'avait immédiatement attiré. Sa façon d'exprimer les choses avec simplicité et honnêteté avait fini de le conquérir.

— Par quoi voulez-vous que je commence ?

— Ce n'est pas moi que vous rencontrerez pour alimenter le foyer, laissez-moi deux jours pour consolider cette partie du dispositif…

— Je vous donnerai un moyen de reprendre contact…

— Je vous remercie, à très bientôt !

Dans la stratégie échafaudée par Tona, Claire devait jouer un rôle de premier plan : reprendre le flambeau de son ami Arnaud et rédiger les billets d'humeur à poster. Mais il devait avant tout la convaincre de sa vision des choses ainsi que de sa participation active…

Elle seule avait l'historique et la mémoire de l'entreprise initiée par son compagnon et elle seule saurait traduire les éléments de langage du pouvoir. Pendant des mois, elle avait corrigé et proposé à Arnaud les tournures les plus percutantes tout en conservant un respect indispensable.

Raphaël lui demanderait d'alimenter son homme de l'ombre pour faire sortir du bois le donneur d'ordre.

Avant de lancer toute la cavalerie, il devait mettre dans la confidence son équipe et surtout Henri, dont le fils risquait gros. Réunis dans le petit cabinet des secrets du restaurant, ils avaient passé en revue l'ensemble des objectifs et pointé les précautions dont il fallait absolument s'entourer.

Le ciel venait de revêtir un léger manteau d'automne. Comme à l'habitude, une pluie fine invitait Tona à la réflexion. Cette journée s'annonçait décisive. Le regard rasant sur le pavé, au milieu d'une forêt de parapluies, il hésitait encore… il cherchait le courage de téléphoner à Claire !

Le soir même, ils dînèrent ensemble dans cet antre de la conspiration qu'était devenue l'alcôve de la brasserie.

— Raphaël, c'est toujours un plaisir de vous retrouver, mais ne craignez-vous pas que cela vous soit une nouvelle fois reproché ?

— Peut-être, mais peu importe. Nous arrivons à la fin de la partie, au pire, je ne serai plus autorisé à jouer…

— Vous parlez par énigmes, faites-moi une traduction que je puisse comprendre.

— Celui que je cherche commence à paniquer, mais je n'ai toujours pas les moyens de l'identifier… J'ai encore besoin de votre concours pour le confondre.

— Comment puis-je vous aider ?

Raphaël lui exposa son plan en n'omettant aucun détail, même les plus obscurs… Il insista notamment sur la manipulation du site d'hommage à son compagnon en l'abreuvant de commentaires politiques tels qu'ils auraient pu être rédigés par Arnaud. Il la rassura en lui indiquant qu'il avait trouvé l'homme invisible pour ce travail.

Dans un premier temps, Claire fut interloquée par sa demande. Elle réfléchit sans mot dire, soupesant les risques et la nature même du rôle que Tona voulait lui faire jouer !

— Dois-je apparaître d'une façon ou d'une autre ?

— Une seule fois… Ma stratégie ne vaut uniquement que si vous lancez le mouvement !

— Soyez plus clair. Que devrais-je faire ?

— Vous pourriez prendre prétexte d'un message de remerciements à toutes les personnes présentes aux obsèques et à la manifestation pour poster un dernier billet à sa mémoire. Enfin, vous appelleriez ses fans à en faire autant… ensuite, mon homme de l'ombre s'occupera du reste !

— Me faudra-t-il le rencontrer régulièrement ?

— Là encore, une seule fois… Il vous donnera une adresse mail sécurisée et vous pourrez ainsi lui envoyer sans risque les infos sensibles qu'il postera au travers d'adresses IP intraçables.

— Soyez sincère Raphaël, y a-t-il un danger pour moi ou même un risque d'être démasquée ?

Ce n'était pas vraiment une question, juste une manière de gagner du temps avant d'admettre les faits. Il fallait que ce soit Claire qui ouvre le bal en invitant les internautes à faire comme elle… Raphaël prit conscience subitement de l'énormité de ce qu'il attendait de Claire.

Et là, une bouffée d'émotion obligea Tona, à lever la tête tout en plissant les paupières. Sans pouvoir y remédier, un fragile voile humidifiait légèrement son regard. Il s'arrêta net pour mieux maîtriser sa respiration. Sa mâchoire se crispa, lui interdisant l'émission du moindre son.

Il se gardait de toute réaction. Ses jambes tremblèrent légèrement. L'heure était grave, il lui fallait trancher… était-ce sans risque ? Il n'en avait pas la certitude absolue…

Claire perçut son trouble sans rien laisser paraître ! Elle se rappelait avoir été, dès leur première rencontre, attirée par cet homme à l'écoute et à la sincérité évidente. À cet instant, elle découvrait une autre facette de sa personnalité : cette fragilité qui ne pouvait être que la conséquence des blessures traversées au cours de sa vie.

— Pour ce que j'en sais après les garanties avancées par l'homme de l'ombre, vous ne risquez rien ! Cependant, si vous n'êtes pas complètement convaincue, dites non.

— Raphaël, comme je vous l'ai déjà dit, je vous fais une entière confiance… Je vous remercie pour votre honnêteté.

Tona regarda Claire dans les yeux, il lui sembla que cela ressemblait à une victoire, triste et amère certes, mais une victoire quand même… et aussi le début d'une nouvelle aventure, il le fallait ! Claire prit congé. Il ne tenta pas de la retenir. La regardant s'éloigner, il pensa que personne ne pouvait faire perdre son temps à une telle femme. Dehors, tout s'était obscurci, comme si en partant elle avait emmené toute la lumière avec elle.

Au siège de la sécurité intérieure, l'affolement gagnait… Tarrin avait réuni la cellule de crise. Le fait que Tona ait pu par deux fois échapper à leur surveillance était problématique. L'hypothèse d'une crise embarrassante pour ses supérieurs s'avérait probable. Il lui fallait en informer de nouveau le conseiller spécial du Château.

Comme Raphaël s'y attendait, de longs papiers dans des journaux complaisants se faisaient l'écho de la manifestation place de la République ainsi que des commentaires qui fleurissaient sur les réseaux sociaux autour de la mort du blogueur Vinckler.

Ils mettaient en évidence la participation de groupuscules adeptes de la théorie du complot pour discréditer violemment les écrits et les analyses politiques de ce « pseudo lanceur d'alerte… »

Ces premiers articles étaient, comme de juste, suivis d'une offensive des chaînes-infos au travers de journalistes connus pour leur bienveillance à l'égard des puissants.

Ils commentaient abondamment l'étonnant rapprochement du commissaire avec la compagne de ce blogueur victime d'un cambriolage meurtrier soulignant, comme par hasard, la récente mise en examen du dit commissaire, laissant planer des interrogations sur la nature de leurs relations.

Ils soulignaient la récente perquisition dont elle avait été l'objet et sa convocation chez un juge antiterroriste. Les éléments de langage étaient parfaitement alignés pour susciter la défiance et le discrédit de sa parole comme de sa personnalité !

Si parfois Tona avait pu ressentir quelques réticences à user de méthodes discutables au cours de son enquête, la charge immonde de ces journalistes courtisans, dont le seul objectif était de salir la mémoire d'un homme et son travail, avait fait disparaître le peu de scrupules qui pouvait encore le tirailler.

La bataille était pleinement engagée et les armes utilisées des plus toxiques… Ces chargés de propagande ne reculeraient devant rien pour tenter de mettre à mal tout ce qui pourrait être utilisé par les amis de ce blogueur…

Les journaux continuaient à servir de support à une dérive honteuse qui n'honorait pas la profession…

Demarle, comme les mulets, était stupéfait par la violence de la charge contre la personne de Claire Derran et du commissaire. Tous les quatre l'attendaient pour organiser une riposte à la hauteur des attaques… Dès son arrivée dans le bureau de son supérieur, il l'avertit !

— Attendons que Claire engage le combat ! Elle va rencontrer notre homme invisible et rédiger le premier billet.

— Elle a accepté sans condition ? interrogea Demarle.

— Je pense que les conditions me seront sans doute rappelées plus tard !

La secrétaire venait de les interrompre pour prévenir le commissaire que son frère était à l'accueil et qu'il souhaitait le rencontrer si cela était possible.

— Dites-lui que je le rejoindrai le plus rapidement possible dans le bar d'en face, je ne serai pas long…

Raphaël devait finir de rassurer son équipe ainsi que Demarle sur la riposte qu'il allait engager. Il avait promis à son supérieur que son fils ne serait pas sanctionné, quitte à mettre sa carrière en balance.

— Raphaël, il n'est pas question d'accepter un quelconque sacrifice… Il nous faut trouver une voie qui évite tout dommage pour vous comme pour votre équipe !

— Henri, ne vous inquiétez pas, j'irai au bout de cette saloperie… Je file voir mon frère !

Lorenzo attendait devant un expresso au comptoir, impatient de pouvoir retrouver son frère. Il avait lu la presse et entendu les infos… et c'était naturellement la raison de sa venue à Paris.

Il ne savait que trop bien la manière dont Rafa allait réagir devant cette campagne de dénigrement… Il était précisément venu pour contenir la rage qui devait bouillir en lui.

— Bonjour, Lorenzo, je suis très heureux de te voir, même si ce n'est pas une surprise eu égard aux circonstances. Je m'attendais à ta visite !

— Je n'ai pas de doute là-dessus… Tu m'as toujours reproché de veiller sur toi comme un père !

— C'est exact, mais je suis très heureux et ému de ta présence…

— Je n'aime pas voir ton nom à la une des médias, dis-moi ce qui se passe s'il te plaît !

— Ils savent que j'ai des éléments du puzzle, même si je ne sais pas l'essentiel, et ils lâchent les chiens…

— Cette mise en examen est inquiétante pour toi ?

— C'est le jeu qu'ils ont choisi de jouer, ils veulent me contraindre et ils pensent pouvoir me tenir avec ça !

— Que comptes-tu faire ?

— Je vais continuer à aiguiser mes dents pour les mordre autant qu'il me sera possible !

— Que risques-tu ?

— Ma carrière…

— Tu plaisantes j'espère ?

— Pas vraiment, frérot, cela fait déjà longtemps que j'ai passé le Rubicon… Il n'y a pas de retour en arrière possible.

— Mais tu ne penses pas pouvoir gagner ?

— Je vais sûrement gagner oui… Mais c'est un jeu pervers ! Même si je gagne, il existe une possibilité de perdre aussi mon job…

— J'avoue ne pas comprendre, tu veux bien m'en dire plus ?

— Je te dirai tout ce qui me sera possible… Maintenant, je t'emmène manger chez mon ami Armand, il excelle dans la cuisine d'une région que l'on appelle aussi la Toscane française… Je te promets un grand moment !

Claire rencontra l'homme invisible et en ressortit soulagée par ses explications confirmant son anonymat. Il lui transmit cette fameuse adresse mail intraçable. Elle allait donc pouvoir prendre sa part dans l'offensive envisagée par le commissaire pour débusquer le vrai responsable de la mort de son compagnon !

Sans qu'il en eût conscience, Raphaël venait de lui donner l'occasion d'exprimer publiquement sa colère… Ce qu'elle n'avait jamais osé faire auparavant, s'interdisant même de suggérer à son compagnon d'en faire une brève sur son blog. Cadre à l'Éducation nationale, elle bataillait depuis des années contre cette politique non officielle, mais mise en pratique par toutes les académies : « le pas de vague ». Trois ministres, trois orientations différentes et « le pas de vague ». Lui… toujours vivants !

Le ver avait pourri le fruit depuis bien longtemps. Rien ne pouvait plus endiguer ce renoncement aux valeurs élémentaires que l'école devait porter… La hiérarchie, elle, ne protégeait plus ses enseignants. Beaucoup pensaient que cette gangrène avait contribué à l'assassinat d'un hussard noir de la République… Et malgré les alertes, malgré les discours sentencieux… Un autre hussard est tombé. Et pendant ce temps, plus de quatre milliards venant du ministère de l'Éducation ont été distribués à des officines de conseils !

Depuis des lustres, le processus garantissant un avancement de carrière du personnel d'encadrement est de tout faire pour éviter que les académies ne soient ennuyées par toutes sortes de réclamations. Alors, directeurs d'écoles, principaux de collèges et proviseurs de lycées étaient invités à mettre la poussière sous le tapis. Certains entraient en résistance et il est juste de les saluer.

Enfin s'agissant de la dernière priorité absolue du gouvernement : « la lutte contre le harcèlement ».

Claire n'avait cessé de signaler les inacceptables lettres qui partaient de toutes les académies pour demander aux parents de bien vouloir faire la part des choses… et pendant ce temps des enfants de plus en plus nombreux continuaient à mettre fin à leurs jours !

Alors oui évidemment, ce billet, elle allait l'écrire, le crier, le hurler, et même si elle le pouvait, le plaquer sur tous les frontons des établissements scolaires de France ! Elle l'avait trop subi, ministre après ministre, cet autisme administratif…

Avant de prendre sa plume, elle devait se calmer, évacuer cette rage toujours renforcée par cette politique d'affichage au travers d'une nomination de façade… un amateur à l'Éducation très vite remplacé heureusement.

Une fois écrit, elle l'enverrait en priorité à Raphaël en lui indiquant que, quelles que soient ses remarques, elle n'en changerait aucune virgule !

Préalable…

« Compagne d'Arnaud Vinckler, je tiens à remercier toutes celles et ceux qui, par leur présence au cimetière et sur la place de la République, ont salué sa mémoire. »

Vous trouverez ci-après une contribution à son blog et je veux croire que celle-ci vous encouragera tous à faire de même !

« Il vaut mieux tard que jamais ! »

Nous devons nous réjouir qu'après six années aux commandes de notre pays, ces promoteurs d'une République irréprochable se soient aperçus des nombreux suicides de nos enfants liés à leur souffrance à l'école.

Applaudir de toutes nos forces ce nouveau ministre qui découvre cette correspondance de la honte rendant responsables, en partie, les parents du mal-être de leurs enfants !

Célébrer avec enthousiasme le retour salvateur, semble-t-il, de la morale à l'école. Oui, vous pourriez avoir des motifs d'être suspicieux, tant de promesses n'ayant jamais été suivies de faits.

Je vous le concède, la moitié des établissements scolaires n'a toujours pas un professeur devant chacune de leurs classes… Mais il a encore quatre ans pour y remédier ! Il va bien finir par réussir quelque chose !

Pour Arnaud… à sa mémoire.

Dans son élan, Claire avait aussi rédigé deux à trois autres billets d'humeurs qu'elle envoya à l'homme invisible…

Au brunch de ce dimanche matin, les questions sur cette charge médiatique contre leur ami et contre Claire allaient être abondements commentés. C'est Ben qui ouvrit le feu…

— Je suppose que tu ne vas pas rester sans rien faire devant tous ces trouducs de journalistes.

— Je suis certaine qu'il a déjà pensé à une réplique des plus offensives !

— C'est exact, Nathalie…

Rafa les mit dans la confidence du dispositif. Il avait reçu le texte de Claire et le lut à ses amis… Il leur indiqua que c'est à sa demande qu'elle eût accepté de prêter son concours à la stratégie globale.

— Elle y va fort ! intervint René.

— Pas le moins du monde, c'est comme ça que ça se passe et encore on ne sait pas tout !

— Que veux-tu dire, Benjamin ? demanda Nathalie.

— Qu'effectivement ce mammouth dévore peu à peu ses petits ! Que notre premier de cordée est en réalité le seul vrai ministre de l'Éducation nationale qui décide de tout et qui change d'avis à la faveur des besoins du moment.

René se devait d'intervenir !

— Comme d'habitude, Ben, tu tapes sur lui sans discernement…

— Je te trouve injuste René, je reconnais volontiers qu'il fait de gros progrès… Il a déclaré récemment qu'il aimait les bagnoles, vous allez voir qu'il va finir par aimer les Français ! Dieu merci, la constitution lui interdit de se représenter !

— Rafa, si j'ai bien compris, on doit s'attendre à voir fleurir d'autres billets d'humeur du même acabit sur le site du blogueur.

— Exactement, René, c'est le cœur même de mon offensive… et Claire m'a déjà informé des prochains sujets !

Nathalie, impatiente :

— De quoi parlent-ils ?

Rafa lut les propositions brutes de décoffrage, à remodeler par l'homme invisible pour que l'on ne puisse y détecter la patte d'un rédacteur unique.

— L'exigence de santé publique ne résiste pas aux amis lobbyistes du Château. Ils avaient déjà entraîné la démission d'un célèbre ministre de l'Écologie. Cette fois-ci, on a carrément viré celui de la santé qui avait pourtant accepté d'annuler les deux campagnes de prévention contre l'abus de boissons alcoolisées, et ce, à la demande expresse du chef !

— Il y en a d'autres ?

— Oui, Ben… sur les différents porte-parole ! Je lis…

« Jusqu'à présent, ils avaient la charge de convaincre des mensonges officiels, mais pas d'affabuler ! »

— Je suppose qu'elle s'appuie sur une déclaration factuelle, demanda René.

— Tout juste… Le détenteur actuel du poste a affirmé : « que les Français verront bientôt une diminution d'environ cinquante centimes sur le prix des carburants ».

Nathalie avec une gourmandise à faire pâlir les merveilleux mets qui trônaient sur la table :

— Quoi d'autre ?

— Rappelez-vous, le nouveau chef a accueilli ses troupes avec cette phrase : « Soyez fiers d'être des amateurs. » Il pourrait maintenant les féliciter d'être devenus des « fossoyeurs. » Ils se retrouvent dans l'obligation de maquiller la présentation des budgets du pays !

René, montrant un certain agacement :

— Je préfère me taire !

Nathalie voulant ramener la discussion sur une réflexion plus consensuelle :

— Ne le prend pas pour toi René, tu n'es pas le seul qui ait cru qu'il était en mesure de gouverner… Moi aussi, mais je fais appel à ton honnêteté intellectuelle, reconnais qu'il s'est montré arrogant et insultant pour une grande partie de nos concitoyens ! Il nous a dit regretter cette attitude et, une fois sa réélection en poche, il a remis le couvert !

— René, Nathalie n'expose que des faits… Rappelle-toi, même Raphaël, déçu par ce Président se disant de gauche, n'a pas hésité à lui écrire pour lui dire son ressentiment. Mais le plus grave, comme le disait ce malheureux blogueur, c'est qu'il fait volontairement ou pas le lit des extrêmes… et cela devrait te mettre en colère ! Sur ce…

tous comprirent qu'il était préférable de profiter de la fin du brunch avec des réalités plus légères !

Ce lundi matin en arrivant au 36, Tona sentit qu'une effervescence inhabituelle agitait l'atmosphère. Mélanie était venue à sa rencontre pour l'informer de ce qui se passait sur le site du blogueur.

Claire avait mis le feu en jouant à la perfection son rôle et les internautes lui avaient emboîté le pas.

Ils étaient des centaines à pointer les mensonges et les annonces de convenance qui ne trompaient plus personne…

Un billet en particulier, apparaissant en exergue aux côtés de celui sur l'école, causait le tumulte au sein du gouvernement. Il était à destination des transfuges qui avaient rejoint les gagnants qui marchaient toujours…

Combien de Faust ont accepté le pacte proposé par Méphisto ? À croire qu'ils avaient oublié que cela les obligeait à donner leur âme à Lucifer pour ensuite passer l'éternité en enfer… Vantant toutes les actions de cette majorité sans jamais se questionner sur les mesures parfaitement iniques… « Mentir avec aplomb, comme on a pu le constater à l'Assemblée nationale pendant les débats autour de la réforme des retraites… Savaient-ils que l'oracle démoniaque ne pourrait pas les protéger une nouvelle fois… cela lui était interdit ! Alors, pour ces adeptes du diable, le désert politique qui les attend serait leur enfer ! »

« Pour Arnaud… »

À la sécurité intérieure, Tarrin avait la certitude que Tona aiguillonnait Claire Derran et tout ce petit monde… Il devait absolument trouver le moyen de le stopper ! Sa propre carrière était, elle aussi, dans la balance.

Demarle avait été convoqué aux premières heures du matin par le préfet. Celui-ci lui intima l'ordre, sans délai, de calmer son subalterne et ce déferlement d'insinuations sur le site en hommage à monsieur Vinckler… Si cette entreprise de dénigrement ne cessait pas immédiatement, rien ne serait entrepris pour atténuer la responsabilité de son fils dans ses entreprises passées.

— Excusez-moi, Monsieur le Préfet, mais que puis-je faire ?

— Je vous demande de contrôler votre commissaire ! finit-il par hurler aux oreilles du divisionnaire…

— Monsieur, quels sont les éléments qui vous permettent d'incriminer le commissaire Tona ?

— Si vous ne le savez pas, alors vous êtes dans de sales draps ! Vous pouvez disposer, et je compte sur vous… pensez à votre fils !

Tona et son équipe, quelque peu anxieux, patientaient en attendant le retour de leur supérieur.

Ils savaient tous que la rencontre serait explosive… Ils craignaient que la déflagration fasse trop de dégâts collatéraux ?

Rassemblés dans le bureau du divisionnaire, celui-ci leur confirma le caractère menaçant de l'entrevue et de l'allusion aucunement masquée du sort qui pourrait être réservé à son fils.

— Soyez rassuré, Henry, il n'arrivera rien de fâcheux à Julien !

— Vous semblez bien sûr de vous, chef !

— Oui, Mélanie, je crois que nous les tenons… Je suis certain qu'une invitation à rencontrer les usagers du Château me sera rapidement transmise…

— Je le pense aussi, conclut Demarle !

On frappa à la porte… Henri invita la personne à entrer. C'était Tarrin qui souhaitait rencontrer le commissaire…

Raphaël se rapprocha de Mélanie et lui souffla à l'oreille…

— Tu vois, ils m'ont même fait porter le bristol par un de leurs grooms…

Mélanie esquissa un sourire et quitta le bureau avec le reste du groupe laissant l'espace libre aux trois protagonistes.

Chapitre XI

Laura s'affairait autour de la bande des mômes de la rue d'la Dé, comme elle avait été autorisée à les appeler, devenue elle-même une complice amusée de toutes leurs excentricités.

Le petit déjeuner était le plus souvent l'occasion de réveiller leurs merveilleux souvenirs d'enfance, qui la projetait elle aussi dans cette petite artère où elle aurait bien aimé grandir…

Elle était captivée par toutes leurs péripéties qui finalement avaient réussi à fusionner tous ces gamins… Et une fois les cafés, thés et oranges pressées servis, elle s'asseyait à leur côté et devenait une gamine d'la rue.

La sonnerie de la porte d'entrée venait de les interrompre subitement ! Trop tôt pour le facteur, se dit René, intrigué par une visite si matinale… Laura alla ouvrir…

— Raphaël, il y a une dame, Claire Derran, qui souhaite vous parler.

— Faites-la entrer et demandez-lui ce qui lui ferait plaisir de boire ?

René s'était levé pour aller au-devant de Claire et l'accueillir le plus chaleureusement possible…

— Je vous en prie, asseyez-vous et partagez notre petit déjeuner… Laura vous a demandé ce que vous souhaitiez prendre ?

— Oui, un café merci… mais je ne voudrais surtout pas vous déranger.

— Pas le moins du monde, Claire, vous permettez que je vous appelle Claire ?

— Je vous en prie, Monsieur…

— Appelez-moi René, lui c'est Benjamin, le prof de philo, mais je suppose que Raphaël vous a parlé de nous tous…

— En effet, oui !

— Voici Nathalie, la lumière de notre groupe…

— Je suis très heureuse de vous rencontrer, j'ai effectivement beaucoup entendu parler de vous !

— En bien, j'espère ! Cependant, je suis convaincu qu'il ne vous a rien raconté du garnement qu'il était déjà rue de la Défense !

— Ben ! Non, pas ça, pas ce matin… sois gentil !

Nathalie intervint pour mettre à l'aise leur invitée surprise.

— Claire, il faut que vous sachiez qu'en général le breakfast est l'occasion de ranimer les savoureux moments de nos intrépides aventures juvéniles… C'est notre façon de célébrer notre jeunesse passée et de faire revivre tous ceux qui ont forgé cette rue, qui nous a vus grandir en un lieu magique…

— Alors, faites comme si je n'étais pas là, je serai très heureuse de connaître quelques-unes de vos équipées sauvages !

— René, comme le chef c'était toujours toi, raconte nos opérations de nuit pour accéder au parc Henri Barbusse !

— Merci, Ben… dégonflé, va ! Au préalable, vous devez savoir que ce parc était l'espace de jeux de tous les gamins d'la rue et, en été pendant la période des vacances scolaires, nous avions pris l'habitude de nous y retrouver surtout la nuit… Je vous laisse en imaginer toutes les raisons.

Nous en connaissions évidemment tous les recoins. Mais nous les réinventions chaque nuit à l'occasion des nouveaux jeux que nous échafaudions à la lueur inquiétante du clair de lune…

— Dis-lui pour le père Massimiliano !

— Oui, j'y viens, Nathalie… une fois ce parc fermé, nous accédions à celui-ci par le jardin de ce fameux Rital dont la clôture était mitoyenne au Graal qu'était pour nous ce terrain d'aventures. Il avait eu vent de nos intrusions nocturnes et pestait après celles-ci !

— Viens-en au fait… s'impatientait Raphaël !

— Giani était furieux, chacun de nos passages agrandissait l'espace entre le grillage et son poteau de soutien. Et chaque matin, il refixait l'ensemble… Et chaque soir, nous le rouvrions !

Excédé, il lui arrivait parfois, le soir tombé, de surveiller le jardin du haut de sa petite terrasse. Il s'y plantait aux heures décisives !

— A-t-il réussi à vous mettre la main au collet ?

— Jamais Claire ! Nous faisions particulièrement attention et, comme dans la grande évasion, nous déclenchions les traversées de cette petite lande qu'après une attente de sécurité entre chaque passage. Par exemple, au moment où il rentrait pour un café ou un verre d'eau…

Le visage de Claire s'était illuminé d'un large sourire… Elle ressentait le lien qui unissait si fort l'ensemble de ces enfants devenus adultes… Elle était heureuse de cette entrée dans l'intimité de Raphaël.

— Dis-lui aussi pour ses filles !

— Oui, Ben, j'allais y venir… Giani avait deux filles. Il veillait sur elles comme à la prunelle de ses yeux pour qu'elles évitent de fréquenter les chenapans à la mauvaise réputation qu'il pensait que nous étions.

Nathalie, impatiente, reprit la parole !

— Pour la faire courte, un jour, la plus grande attirée par la liberté dont nous jouissions s'est plantée devant Raphaël qui était tranquillement assis à la terrasse du bar d'Agop et lui déclara :

« Raphaël, j'ai l'impression qu'un type me suit, pourrais-tu me raccompagner jusque chez moi ? »

— Et au grand dam de son père, elle devint l'une des nôtres… conclut René !

— Claire, ne croyez pas un traître mot de tout ce qu'ils racontent, ils vieillissent et Alzheimer les guette…

— Je vous remercie pour votre avertissement Raphaël, je comprends mieux… Je suis venue vous apporter une information qui me paraît importante !

Elle hésitait à poursuivre…

— Vous pouvez parler librement, Claire, ils sont au courant de tout !

— La jeune femme qui a dévoilé l'affaire à Arnaud est venue me porter ça pour vous…

Elle lui tendit une enveloppe… Raphaël l'ouvrit et informa la tablée qu'il s'agissait d'une proposition de rencontre avec un point de rendez-vous très précis.

— Elle était très inquiète de savoir si vous étiez sous surveillance, mais je l'ai rassurée sur votre capacité à jouer les caméléons !

Après l'éclat de rire qu'avait déclenché la dernière remarque de Claire, tous se regardèrent silencieux, comprenant que les choses s'accéléraient et que nous n'étions plus très loin de l'épilogue de cette affaire. La collation matinale finit autour d'un autre petit secret du passé, notamment l'initiation patiente et méthodique de Rafa, dix ans à l'époque, au petit livre rouge de Mao.

C'était Jeannot qui officiait, un brave type dans toutes ses dimensions avec l'humanité chevillée au corps. Tourneur-fraiseur, il travaillait dans une pièce unique de trente mètres carrés dont les fenêtres, quand le temps le permettait, étaient grandes ouvertes sur la rue… Assis sur un des rebords, le petit Rafa était comme à l'école. Jeannot lui lisait à longueur de journée les pensées de Mao Tsé-toung.

Les sourires et le plaisir de la rencontre transcendaient leur visage au moment où tous se séparèrent…

Dans son bureau, Demarle, Tona et Tarrin étaient restés seuls et silencieux. Ils s'observaient avant de déclencher les hostilités. C'est Tarrin qui ouvrit le bal. Sa mission était simple, savoir si la Crime possédait des informations gênantes pour l'exécutif. Mais l'objectif réel était d'évaluer les intentions des deux hommes, Tona et Demarle, dans l'hypothèse de la proposition d'une négociation.

Demarle laissa à Raphaël le soin de résumer la situation et de soulever l'implication possible d'un conseiller du Château.

Tona posa comme première condition qu'il n'était pas question de voir le fils de son divisionnaire payer les pots cassés… De plus, Tona mit en garde Tarrin qu'il n'accepterait pas non plus que le monte-en-l'air porte le chapeau pour tout le monde ! Il encouragea le directeur de la sécurité intérieure à retourner consulter ses commanditaires, méditer avec eux sur toutes ses demandes et revenir avec des solutions acceptables.

Tarrin, en service commandé pour apprécier l'état d'esprit des deux hommes, rentrait plutôt bredouille… L'inquiétude envahissait son cerveau, il voyait sa besogne devenir un siège éjectable. Alors, pendant son retour au bureau, bien calé à l'arrière de son véhicule de fonction et contrairement à son habitude, il n'adressa pas la parole à son chauffeur. Préoccupé par les demandes de la Crime, il réfléchissait à la manière dont il allait présenter les choses à ses supérieurs.

La correspondante anonyme proposait un rendez-vous dans un coin de la Seine–Saint-Denis où Tona n'avait jamais vraiment mis les pieds… et à la nuit tombée de surcroît ! Il savait qu'il lui fallait préalablement, comme il en avait pris l'habitude, semer ses anges gardiens… Il partit donc plus tôt !

On était en fin de journée et la nuit s'avançait à grands pas. Ce quartier de Saint-Denis, proche du Canal, transpirait l'humidité. Entouré de casse-autos, d'entrepôts plus ou moins brinquebalants, vétustes ou crasseux, il pouvait inquiéter le quidam… La faiblesse d'un éclairage loin d'être uniforme rendait l'environnement lugubre, voire menaçant. La lueur d'un établissement que traversait une légère brume attirait le regard. C'était le point de rendez-vous. Un café ouvrier, sorti tout droit des années cinquante, débordait de clients, sans doute uniquement des habitués. Deux tables occupées par des joueurs de tarot et de rami s'animaient dans une ambiance bon enfant… Cela n'empêchait pas des noms d'oiseaux de fuser à la table du tarot, rarement à celle du rami si ce n'est qu'il arrivait d'entendre quelques fois une remarque désobligeante sur la chance insolente que pouvaient avoir certains participants.

— Combien de fois il faudra te dire que si tu es derrière celui qui a demandé le contrat, tu dois jouer atout. Ce n'est pas compliqué bordel… À moins que tu aies le « petit » dans la main…, alors là oui, tu ouvres d'une couleur. Et si le mec en plus a trouvé un roi au chien, tu joues dans la couleur du roi ! T'as compris ?

— Oui, mais si je n'ai pas beaucoup d'atouts ?

— Peu importe, tu nous informes que tu n'as pas le « petit[10] », et si un autre a une longue à l'atout, il peut aller le chasser…

— David, arrête de l'embêter, il vient ici pour se détendre, et surtout éviter les remontrances de sa femme… et toi tu lui fais la misère.

— Tu as raison, Capi… excuse-moi, Paulo, ce n'est pas grave, joue comme tu sais ! Après tout, on est là pour s'amuser.

Plus loin, un joueur compulsif du grattage de cartes de la Française des jeux pestait sans discontinuer… Les numéros qu'il découvrait étaient toujours à un chiffre près avant ou après ceux de la grille gagnante. Quand il avait le 12, il découvrait le 13, quand il avait le 24, il découvrait le 25 ou le 23, bref ! Toujours le même schéma… Et ça le rendait dingue ! Il jurait à haute voix contre tous ces « faisans ».

---

[10] Un des trois Oudlers (Bouts) au tarot. Le 1 d'atout communément appelé le petit, le 21 d'atout et l'excuse.

— Ils nous prennent vraiment pour des cons à la Française des jeux… Pour t'appâter, ils te mettent toujours les numéros d'à côté…

Une voix au fond du café fusa :

— Tu as raison, Homer, non seulement ils te piquent ton fric et en plus ils te prennent pour un con !

Un autre fit une remarque qui déclencha un fou rire général !

— Homer, j'ai un scoop pour toi, tu vois le petit bandeau en bas du carton avec cet avertissement : « Nul si découvert », eh bien gratte-le sur un de tes cartons perdants, et tu seras surpris par ce qui est écrit dessous !

— Qu'est-ce qui est écrit ?
— Homer, t'es un con !

Les rires explosèrent accompagnés par de nombreuses remarques de même nature ! Assis un peu à l'écart, Raphaël lui aussi ne put s'empêcher d'être gagné par l'hilarité générale… il attendait toujours son inconnue ! Le patron venait de s'approcher…

— Bonsoir, Monsieur, je vous serre quelque chose ?
— J'attends une dame, commander serait une faute de mauvais goût… Si vous aviez la gentillesse d'attendre un peu, nous consommerons c'est certain, merci.

Retournant derrière son comptoir, il lâcha…

— Cathy ne va pas tarder, elle arrive toujours autour de ces eaux-là !

Raphaël comprit qu'elle était une habituée. Sous sa table, un chien qui s'était bien calé mit à profit ce petit tumulte pour bailler et soulever ses pattes arrière l'une après l'autre, comme pouvaient le faire aussi des joueurs assis depuis trop longtemps.

On venait de pousser la porte du troquet. Le chien quitta son poste pour se diriger vers la cliente pour réclamer les caresses que devait lui prodiguer Cathy à chaque fois qu'elle entrait.

Ses deux mains bien calées de chaque côté de ses oreilles, elle secouait la boule de poils comme un shaker et l'animal appréciait visiblement. Elle le délaissa pour se diriger directement vers Tona.

— Bonjour, Monsieur le Commissaire… vous avez trouvé facilement ?

— J'ai trouvé ! Je peux vous appeler Cathy ?

— Sans problème, puisque nous sommes censés devenir alliés !

— Qui vous dit que nous pouvons nous faire confiance ?

— Puis-je vous faire confiance, Raphaël ?

— Vous pouvez, Cathy…

— Alors nous pouvons commencer, je veux vous aider avec les moyens qui sont les miens…

Ce déferlement d'attaques contre vous et Claire Derran ont boosté ma détermination !

— Je m'attendais à une offensive, mais j'avoue avoir été ébranlé par sa violence ! Comment pouvez-vous m'aider ?

— Je peux déjà vous raconter tout ce qui n'est pas sur la clé, vous identifier les participants et les entreprises qu'ils représentent…

— Vous avez donc activement participé à la campagne de 2017 ?

— Oui et pas seulement sur mes heures de repos… Je me demande encore comment tous ces gus ont pu gagner. Croyez-moi, le qualificatif d'amateur est largement mérité !

— Le seul responsable, c'est le sortant qui a déserté en rase campagne et permis l'arrivée d'un apprenti Président !

— Je suis d'accord avec vous, Raphaël, il a été en dessous de tout. Non seulement il se fait rouler dans la farine par un jeunot, mais il n'imagine même pas lui rappeler que c'est lui le chef en se représentant ! Certes, il n'aurait pas été réélu, mais il aurait définitivement enterré cet aventurier !

— Je sais Cathy, y repenser me rend malade ! J'espère que vous avez le moyen de faire éclater le scandale des sommes exorbitantes reçues par des cabinets comme le vôtre ! J'ai bien peur que la commission d'enquête du Sénat ne mette longtemps à produire ses effets…

— Je peux vous confirmer que beaucoup comme moi ont travaillé sur leurs heures de bureau à la propagande du candidat. Mais je suis moins pessimiste que vous, ce scandale d'État finira par le rattraper !

— Évidemment, vous n'avez aucun document qui corrobore vos dires ?

— Aucun, vous imaginez bien ! Déjà que cette réunion était corsetée comme jamais, il m'a fallu faire preuve d'audace et de beaucoup de conversations mielleuses pour réussir cet enregistrement sans être découverte…

— Vous seriez disposée à faire une déclaration sous serment ?

— Raphaël, ils m'ont offert une très grosse indemnité pour un licenciement à l'amiable. Ils se doutaient que j'étais la taupe, mais n'avaient rien pour le prouver…

— Et naturellement en échange de votre silence…

— C'est une proposition que je ne pouvais pas refuser… j'ai dû signer une clause de confidentialité. Je vous sais joueur de poker, je vous propose une déclaration devant un huissier de justice qui, en apparence, aura la force d'un document officiel avec lequel vous pourrez bluffer…

Mais je veux votre parole qu'elle ne sera jamais rendue publique !

Tona réfléchissait à toute vitesse, il entrevoyait les avantages qu'il pouvait tirer de cette combine. Ce dispositif, en apparence judiciaire, représentait un atout possible dans une négociation avec les sbires du Château. Il avait espéré mieux, mais la situation de Cathy empêchait toute autre stratégie.

— Je pense que cela peut le faire, Cathy ! Merci pour cette idée…

— Oui, appuyez-vous sur leur incompétence, ils sont tellement médiocres ! Ils vont faire dans leur froc…

— Comment reprendre contact avec vous ?

— Raphaël… vous savez où j'habite maintenant !

Même s'il n'avait pas encore théorisé la situation, depuis qu'il avait appris l'implication de Julien, le fils de son divisionnaire, la stratégie qui s'imposait d'elle-même et l'évidence du déroulement probable de la fin de cette sale affaire se devinaient sans mal.

Raphaël savait déjà qu'il serait contraint de transiger et qu'on lui demanderait de sacrifier sûrement sa carrière ou, au mieux d'accepter de rejoindre un placard à balais dans la grande maison.

Après la visite de Tarrin et la discussion qui s'en était suivie, ajoutées à sa rencontre avec Cathy, toutes les pièces du puzzle s'agençaient pour donner la trajectoire probable du résultat final.

La proposition d'un accord répondant aux exigences de Tona devenait inéluctable.

Sauf que dans cette équation, l'engagement fait à Claire ne serait pas tenu. Il lui avait pourtant promis de faire payer le responsable de la mort de son compagnon et tout ce qu'il pourrait obtenir contre lui serait sans doute qu'il perde sa place de conseiller au Château !

Il avait naturellement exposé la situation à ses amis pour bénéficier de leurs avis. Quelles que soient les approches que l'on pouvait faire de ce labyrinthe, les possibles sorties par le haut comportaient toutes des dégâts collatéraux. Choisir le moindre mal ferait toujours souffrir la seule personne que Raphaël ne voulait surtout pas blesser !

Il s'apprêtait à trahir sa parole, le vrai responsable de la mort d'Arnaud ne serait jamais démasqué publiquement ! Claire serait forcément déçue et blessée par les petits arrangements que Tona s'apprêtait à accepter.

Avant de se rendre à cette ultime invitation du Château où tout serait finalisé et acté, Tona devait rencontrer tous les acteurs de cette tragédie… Claire en premier lieu, puis son équipe dont il lui fallait obtenir le quitus et Miryam qui, elle, serait soulagée de cette solution inespérée. Demarle et son fils Julien qui chercheront à le persuader de tout faire pour ne pas mettre sa carrière dans la balance, même s'ils savent tous les deux qu'elle lui sera réclamée !

René, qui avait préalablement demandé à son ami Roger de la DGSE de connaître exactement les dispositions dans lesquelles étaient les conseillers du Président à propos de cette affaire, avait passé un long moment à discuter dans la bibliothèque avec les autres mousquetaires.

Roger lui avait assuré que la DGSI était prête à accepter les demandes que Tona avait formulées.

Elle ferait en sorte qu'un article vienne attester de la clôture de l'enquête du Parquet antiterroriste sur la mort du blogueur, confirmant l'hypothèse d'un cambriolage des plus banals…

Tous se regardèrent et finirent par conclure que Rafa devait d'accepter le marché tout en utilisant la déposition de Cathy, pour essayer de sauver ses miches ! Rafa avait écouté sans mot dire, il restait immobile et silencieux, marqué physiquement par la tournure que prenait son enquête…

Une chose devenait incontournable, il devait exposer à Claire les conditions qui lui seraient présentées comme solution à la résolution de cette affaire… Il était inenvisageable pour lui d'accepter le deal et de rester dans la police !

La nuit avait été courte et traversée de soubresauts… Une agitation qu'il n'avait plus ressentie depuis son enfance… Le soir même, il dînerait avec Claire chez Armand.

Sa journée avait été très occupée… Il prit le temps de passer par les 4000 pour informer Malek et lui laisser le soin d'annoncer la bonne nouvelle au frère de Myriam. Il passa aussi par la zone industrielle proche du Canal qui, de jour, avait perdu toutes ses formes inquiétantes pour laisser un message à Cathy.

— Bonsoir, Raphaël, tous ces rendez-vous et ces dîners en tête à tête vont finir par rendre plausible la thèse de tous ces journalistes véreux qui s'interrogent sur nos relations !

Raphaël amorça un faible sourire qui ne passa pas inaperçu !

— Vous semblez préoccupé, quelque chose ne va pas ?
— En effet, Claire, la mécanique de la machinerie que j'ai mise en place avec acharnement va livrer ses effets…
— Même si je ne saisis pas toujours votre langage, il me semble comprendre que cette fois-ci la traduction risque de me déplaire… Alors, je vous en prie, inutile de m'épargner, dites les choses comme elles sont !

Armand venait de servir les plats et lui aussi perçut cette tension chez son ami, ce trouble qu'il n'avait pas ressenti depuis fort longtemps…

— Tout va bien, Raphaël ?
— Ça va, merci, Armand, je t'expliquerai plus tard…

Cette réponse à son ami restaurateur eut comme effet de lui couper l'appétit… Le moment de crever l'abcès arrivait… Raphaël entreprit de résumer la genèse du travail qui avait été le sien depuis le début et les différentes trajectoires qu'il avait empruntées pour confondre le vrai responsable de la mort de Vinckler.

Il mit en exergue les implications du fils de son divisionnaire et l'amitié qui unissait celui-ci avec le cambrioleur responsable de la mort de son compagnon. Il avoua que sans s'en rendre compte, il avait consciencieusement orienté ses adversaires vers la solution qu'il allait lui présenter…

— Voyez-vous Claire, je me trouve sur une voie à sens unique, reculer ne m'est plus possible… Ils ont cédé à mes demandes… Mais si vous voulez vous y opposer, je dénoncerai le compromis et, dans tous les cas, j'adresserai ma démission au préfet !

— Vous me demandez donc de valider une solution qui aboutit à un protocole dont vous ne m'aviez jamais parlé ?

— J'ai bien conscience de mes égarements, et je vous demande pardon !

— Et cette cadre d'un cabinet de conseil ne peut-elle pas vous aider à sortir de cette impasse ?

— Elle est tenue au secret par une clause de confidentialité en échange d'une grosse indemnité de licenciement !

— Je vois… ils ont tous ouvert un parapluie !

— Cette jeune femme, qui s'appelle Cathy, est persuadée que le scandale finira par éclabousser tout ce petit monde et que nous aurons notre verdict populaire !

— Vous lui faites confiance ?

— Oui, elle m'a donné une preuve de sa volonté de nous aider !

— Donc, si j'ai bien compris votre langage cette fois-ci : « si je dis oui, vous démissionnez… si je dis non, vous démissionnez aussi ! » C'est gentil de votre part de me laisser le choix !

Malgré la situation qui ne prêtait pas à rire, Raphaël ne put empêcher un petit rictus qui alluma son regard d'une lueur amusée…

— Je vais pouvoir enfin profiter de mon canard maintenant !

Claire se remit à manger comme si de rien n'était, ils finirent la soirée sans que la conversation du début soit à nouveau évoquée… Claire ne communiqua aucune réponse à la demande de Raphaël, l'abandonnant seul devant ce dilemme…

Ils se dirent au revoir devant la devanture de la brasserie. Pour la première fois, Claire lui déposa un baiser sur la joue.

Raphaël lui répondit par un simple :

— Bonne nuit Claire !

Armand, qui s'inquiétait pour son ami, se planta derrière la vitrine et semblait perdu… Il s'était passé un truc, mais il ne savait pas quoi.

La rencontre avec les envoyés du Château fut rapidement expédiée. Tous les documents étaient prêts et respectaient en tous points les demandes de Tona… Il ne voulut pas sortir le joker de Cathy pour contrer la démission qui lui était réclamée ! Deux jours plus tard, les journaux chargés de la propagande gouvernementale faisaient leurs gros titres sur la mise en disponibilité du commissaire Tona et la fin de l'instruction confiée au Parquet national antiterroriste !

Ils soulignaient l'information donnée à madame Derran, que la police mettrait tout en œuvre pour retrouver l'auteur du cambriolage qui avait coûté la vie à son compagnon !

Cathy avait lu, ébahie, la presse officielle, elle ne pouvait imaginer en rester là ! À la nuit tombée, elle se rendit chez Claire Derran qui hésita à lui ouvrir à une heure si tardive…

— Bonsoir, Claire, excusez-moi de forcer votre porte à une heure pareille, mais je n'arriverai pas à dormir sinon !
— Bonsoir, Cathy, vous êtes bien la dernière personne que je m'attendais à recevoir aujourd'hui !
— Je l'imagine sans peine, Claire… Je suis venue vous dire qu'ils ne s'en tireront pas comme ça ! J'ai une collègue qui détient les moyens de les confondre et un jour ou l'autre, elle lâchera sa petite bombe !

Claire fit bouillir de l'eau pour une tisane qu'elles buvaient maintenant toutes les deux dans une atmosphère douillette, bavardant comme deux amies le feraient…

— Cathy… ?
— Oui, Claire…
— Raphaël manque au décor ce soir ! Mais qui sait ? L'échec nourrit souvent une résurrection…

Les protagonistes

René Bogossian : Azad pour son prénom arménien, Homme d'affaires très important ;

Raphaël Tona : Policier à la Crime ;

Arnaud Vinckler : Blogueur, la victime ;

Kamel : Ami de Raphaël ;

Nathalie Rive : Journaliste, amie de Raphaël ;

Benjamin Georges : Professeur, ami de Raphaël ;

Henri Demarle : Supérieure de Tona à la Crime ;

Jacques Fournier : Ancien collègue de Tona ;

Mélanie : Membre du groupe de Tona ;

Camille Paul : Médecin légiste ;

Aurélien : Membre du groupe de Tona ;

Thomas : Membre du groupe de Tona ;

Claire Derran : Compagne de la victime ;

Laura : En charge de préparer les repas ;

Lorenzo : Frère de Raphaël Tona ;

Roger : Ami de René, membre de la DGSE ;

Tarrin : Directeur de la DGSI ;

Djamel : Cousin de Kamel ;

Malek : Caïd de la cité des 4000 ;

Ferrand : Juge d'instruction antiterroriste ;

Julien : Fils adoptif de Demarle ;

L'homme de l'ombre, l'homme invisible : Agit sur le site du blogueur ;

Cathy : Ex-cadre d'un cabinet de conseil ;

Le bar d'Agop : Un des trois cafés de la rue.

Imprimé en France
Achevé d'imprimer en mars 2024
Dépôt légal : février 2024

Pour

Le Lys Bleu Éditions
40, rue du Louvre
75001 Paris